Эта книга принадлежит

Контакты владельца

ESTANISLAO BACHRACH

ÁGILMENTE

APRENDE CÓMO FUNCIONA TU CEREBRO PARA POTENCIAR TU CREATIVIDAD Y VIVIR MEJOR

Conecta

ЭСТАНИСЛАО БАХРАХ

ГИБКИЙ УМ

КАК ВИДЕТЬ ВЕЩИ ИНАЧЕ И ДУМАТЬ НЕСТАНДАРТНО

2-е издание

Перевод с испанского Елены Куприяновой

Москва
«Манн, Иванов и Фербер»
2018

УДК 159.924.24
ББК 88.251.311.5
Б30

Научный редактор Ксения Пахорукова

Издано с разрешения Penguin Random House Grupo Editorial, S.A.U.

На русском языке публикуется впервые

Бахрах, Эстанислао

Б30 Гибкий ум. Как видеть вещи иначе и думать нестандартно / Эстанислао Бахрах ; пер. с исп. Е. Куприяновой ; [науч. ред. К. Пахорукова]. — 2-е изд. — М. : Манн, Иванов и Фербер, 2018. — 240 с.

ISBN 978-5-00117-075-4

Нейропсихолог Эстанислао Бахрах рассказывает о том, как формировался наш мозг и что необходимо предпринять, чтобы переключить его на творческое мышление. Множество интересных фактов, подсказок и упражнений помогут вам избавиться от рутины, взглянуть на мир по-новому, раскрыть потенциал и сделать свою жизнь более красочной и насыщенной.

УДК 159.924.24
ББК 88.251.311.5

ISBN 978-5-00117-075-4

Оглавление

Вдохновлено Гойо

Посвящается Виктории,
Уме и Валентину

Предисловие

За последнее десятилетие нейронаука добилась невероятных успехов в области технологий, в особенности тех, что позволяют лучше понять работу мозга и его тесную связь с интеллектом. Теперь мы можем наблюдать электрические импульсы, которые на основе нервных путей, появившихся благодаря прошлому опыту, образуют новые нейронные связи. Благодаря томографии мы можем «фотографировать» мысли и измерять активность нейронов по мере того, как мозг ищет решение проблемы.

Настала пора осмыслить накопленные знания — как мы функционируем, что собой представляем и в чем проявляется наша человеческая сущность **с точки зрения мозга** — и улучшить качество жизни во всех аспектах. Я уверен, что изменить мозг можно, только понимая, как он работает.

Эта книга призвана развенчать мифы о человеческом мозге, показать, сколько еще неизведанного перед нами, и научить быть более творческими. Кажется, что творческие способности возникают как по волшебству, но сейчас мы близки к пониманию этого механизма, и чем глубже оно будет, тем полнее мы раскроем свой потенциал.

Мы даже не догадываемся, как сильно нейронаука влияет на нашу повседневную жизнь. Как правило, за сложными научными терминами скрываются весьма любопытные сведения об окружающем мире и о нас самих. Я познакомлю вас с крупнейшими открытиями в области исследования творческих способностей и нейронауки. Человеку по силам учиться и творить до последнего. Моя цель — показать, что это возможно и что творческий подход в жизни означает не только умение решать проблемы, сглаживать конфликты или впечатлять коллег своей работой, но и наслаждаться более полной жизнью.

В нашем глобализированном обществе продукты все сильнее походят друг на друга, теряют свою индивидуальность. Из любой точки земного шара — Сингапура, Китая, Аргентины, Кипра или Ямайки — у нас есть доступ к дешевеющим новым технологиям и экспертным данным. Многое из того, что занимало умы в прошлом столетии, больше не является проблемой. Сегодня, чтобы заявить миру о себе, нужно быть творческим. В социальной сфере, экономике, образовании и промышленности преуспевают наиболее творческие и неравнодушные люди. Логическое мышление необходимо, но только его одного уже недостаточно. Организации нацелены на эмпатичных людей, понимающих нужды, сомнения, вкусы и предпочтения окружающих, будь то клиенты, коллеги, партнеры или ученики. Они ищут сотрудников с творческим подходом, способных придумывать необычные товары и услуги. И таких людей не хватает.

В нашей системе образования по сей день на первом плане стоит развитие логического анализа и дедукции, доминировавших в XX веке, а не способностей к эмпатии и творчеству, необходимых для покорения мира в XXI веке. Нужно самостоятельно развивать свой творческий потенциал, кем бы вы ни были и где бы ни работали. Любознательные и смелые люди незаменимы в любой компании. Именно тот, кто способен находить нестандартные решения проблем любого уровня, продвигается по карьерной лестнице в первую очередь.

Я сделал выжимку из научных исследований *человеческого мозга и сознания*, чтобы облегчить вам их понимание, и включил в книгу некоторые техники, позволяющие развить творческие способности и применить их в повседневной жизни.

Вот небольшой пример. Понаблюдав за ребенком, не достигшим шестилетнего возраста, мы убедимся, что творческие силы даются от рождения. Впоследствии под влиянием школы и общества мы перестаем использовать эти нейронные сети, сконцентрировавшись на логике и анализе, которые становятся основными моделями мышления. Еще недавно ученые считали, что развитие творческих способностей у взрослых невозможно и что нейроны и синапсы, не используемые в течение долгого времени, нельзя восстановить. Хорошая новость: это предположение было научно опровергнуто.

Мозг обладает способностью восстанавливаться и обучаться вплоть до последних дней

Мало кто использует нейронные связи, но если мы стимулируем их с помощью специальных техник и методик, то сможем стать более творческими. Представьте, что мозг — это мышца, а жизнь — подготовка к забегу. Если в течение долгого времени тренировать только одну часть этой мышцы, другая атрофируется. Впрочем, даже атрофированные мышцы можно восстановить при помощи упражнений, дисциплины и терпения. Приступайте, и вы откроете в себе творческие силы и повысите качество жизни.

«Гибкий ум» — книга о самом ценном: способности представлять то, что никогда раньше не существовало. Расхожее мнение гласит, что творческие способности — это особый дар, который дается другим, но не нам. Тем не менее жизнь немыслима без созидания: это и мобильный телефон, и ваше любимое стихотворение, и удобное кресло, в котором вы читаете эту книгу, и центральное отопление, спасающее от холода, и песня, напоминающая о любимом человеке, и таблетка от головной боли.

«Гибкий ум» — это приглашение в спа для мозга, где вы будете пестовать и лелеять разум и творческие способности и в результате добьетесь их возвращения на пик формы.

Введение

Солнечное воскресенье в Буэнос-Айресе. Мы с дочерью в ее любимом месте на детской площадке — на качелях. Уме только исполнилось два года, и она может качаться бесконечно, изредка запрокидывая голову и устремляя взгляд в небо. Мне нравится раскачивать ее спереди и видеть, как она улыбается, наслаждаясь моментом. Каждые две минуты я предлагаю пойти на горку или в песочницу, подозревая, что качели уже должны наскучить. Мне непонятно, как можно проводить на них столько времени, и я сужу с позиции своей временно́й шкалы. Периодически я достаю телефон и проверяю электронную почту, читаю какую-нибудь статью в интернете или отправляю сообщения. Я приноровился толкать качели, когда они замедляют ход, не дожидаясь просьбы Умы. Неожиданно Ума, продолжая улыбаться, говорит: «Папа, убери телефон». Я перемещаюсь назад, раскачиваю и одновременно читаю текст с экрана в надежде, что Ума не заметит. Через три минуты она повторяет просьбу, уже без улыбки, забыв про «папу» и гораздо громче: «Убери телефон!». Виновато, но неохотно я прячу мобильный в карман. Ума чувствует, что мое внимание не принадлежит ей целиком, и она права. Это важный урок! С тех пор я стараюсь не брать телефон в парк. Каждый раз, когда мы выходим из дома, я показываю Уме мобильный на столике в прихожей и вижу, как поднимается ее настроение.

Кажется, это случилось во время третьего визита на детскую площадку без мобильного. Теперь Ума не против, чтобы я толкал качели сзади. Мои руки двигались в спокойном ритме вперед и назад, почти как в трансе. Вдруг голову наполнили идеи, я буквально видел и чувствовал их. Но возникали они так быстро и хаотично, что не оставалось ни малейшего шанса их обдумать. Чем заняться на выходных, как представить проект клиенту, как подготовить новую лекцию, даже как усовершенствовать душ и повысить уровень безопасности для детей на площадке. И так до бесконечности. Когда Ума говорила что-то про голубя или другого ребенка в парке или просила конфету, мне нужно было несколько секунд, чтобы покинуть этот «храм идей» и ответить. Дочку забавляло мое замешательство. Она смеялась и спрашивала: «Папа, папа, ты заболел?»

По дороге домой я уже все забыл. Некоторые идеи выветрились из головы полностью, о других я знал, что они, например, касались клиента, но *что именно* это было, вспомнить не мог.

Уже ночью, лежа в постели, я размышлял и о количестве идей, и о том, что наряду с обычными были и нестандартные, хотя, конечно, ни одной уже не помнил. Впоследствии и сам этот факт утратил остроту — пока я снова не пошел качать Уму на качелях. Все повторилось. Два раза подряд не может быть совпадением, и я решил исследовать происходящее. Каждый раз, начиная раскачивать качели, я терпеливо и осознанно ждал повторения дождя идей. При этом, если прилагал усилия, ничего не происходило.

На международных конференциях по бизнесу я не раз слышал, что 90% и даже больше инновационных продуктов, которыми мы пользуемся сегодня, основаны на идеях, родившихся у «обычных» сотрудников в нерабочей обстановке. Как на моей площадке с Умой.

Я посвятил два года изучению инновационных компаний, познакомился со многими интересными людьми самых разных культур, стран, языков, индустрий и должностей. И в результате пришел к такому же выводу: **идеи могут возникать в любой момент, но чаще всего, когда мы расслаблены**. По теории вероятностей, чем больше идей породит наш разум, тем скорее одна из них окажется удачной, творческой и нестандартной. Некоторые называют этот процесс *обратным мозговым штурмом*. Не стоит требовать от мозга генерации идей в течение двух часов во вторник после обеда, как этого хочет начальник.

Нужно воспользоваться тем, что мозг работает 24 часа в сутки 365 дней в году, и добиться его максимальной производительности

У каждого из нас есть одно-два места или ситуации днем или ночью, когда сознание охвачено потоком идей: за рулем, в душе, метро, постели, во время занятий спортом, игр, медитации, сна, приготовления еды или принятия ванны и т. д. По совету инновационных компаний, художников и даже японских инженеров «Тойоты» я приобрел небольшой блокнот, чтобы сразу записывать идеи.

Мы забываем большинство своих мыслей. К счастью, Уме не мешает, что папа толкает качели и при этом «рисует» в своем блокноте. Она тоже берет с собой альбом для рисования и наслаждается временем наедине с отцом. Я сросся со своим блокнотом. В верхней части листа я пишу названия проектов, под ними — идеи. Это намного эффективнее, чем сплошная запись: любую идею, к которой вы захотите вернуться, всегда легко найти.

5 сентября 2011 года. Я сижу в аэропорту Боготы Эль-Дорадо в ожидании рейса в Буэнос-Айрес. Открываю блокнот и вижу заглавия крупными буквами каждые 10–20 страниц, за которыми следуют почти нечитаемые каракули — идеи. Мои проекты: *«Лекции в Мендосе»*, *«Конгресс в Картахене»*, *«Семинар в Coca-Cola»*, *«Нейромаркетинг»*, *«Коста-Рика — 2011»*, *«Инноватор Сармьенто»*, *«Разное»*, *«Корпоративное обучение»*.

Письменная формулировка творческой задачи может сама по себе вызвать генерацию идей в вашем мозге. Нужно писать

Я использую время в аэропорту для сортировки идей: с ручкой в руке перечитываю и избавляюсь от тех, что уже воплотились и только засоряют визуальное поле. Идеи в моем блокноте не живут вечно. Вычеркивая ненужное, я дохожу до раздела «Разное», и мое внимание привлекает одна фраза. Не помню когда, но я обозначил ее «десяткой». На придуманном мной языке это значит, что идея посещала меня не раз в самых дивных обстоятельствах.

Например, надпись черным по белому почти во всю ширину листа гласит: «Написать книгу 10».

Время пришло, так что приступим.

Глава 1
Никаких моделей

Гены и мемы

Кем бы вы ни были, ваш мозг может измениться. Все зависит только от вас. Не важно, какого мнения о своих творческих способностях вы сами или окружающие: способности можно развить. Задача раскрытия творческого потенциала стоит перед людьми давно. Но если раньше творческие гуру опирались в обучении на свой опыт и интуицию, то сегодня на помощь пришли новейшие технологии. Мозг может обучаться и меняться вплоть до самой смерти. Эта способность называется нейропластичностью. Не важно, что вы пережили и какие гены вам достались, — сознание, то есть способ мышления, может изменять структуру и анатомию мозга. Когда вы открыли эту книгу, ваш мозг обладал определенной структурой, некими нейронными связями. По окончании чтения появятся другие связи, и эта структура изменится. Без сомнения, мозг станет лучше, ведь вы узнаете о его возможностях и ограничениях. Если кроме этого вы будете регулярно применять описанные техники, творческий потенциал возрастет. Перемены заметите не только вы, но и коллеги, близкие и друзья:

знаю это по себе (я свой главный подопытный кролик) и по сотням людей, с которыми мне посчастливилось работать. Хочу поделиться этими знаниями с вами, дорогие читатели, помочь вам стать **более творческими** и зажить насыщенной и счастливой жизнью.

Как человечество пришло к своему нынешнему положению? Мы выжили, в частности, благодаря двум непрерывным процессам: биологической эволюции и развитию культуры. Эволюция заключается в накоплении таких генетических мутаций, которые делают их носителей лучше приспособленными к среде обитания. Это накопление происходит в результате естественного отбора, неосознанного и не поддающегося контролю. В культуре, напротив, главную роль играют творческие силы человечества, кардинальным образом меняющие культурную парадигму. И это полностью осознанный процесс.

Можно провести параллель между творчеством и мутациями генов в ходе эволюции

Нервная система устроена так, что открытие нового, столь важное в творчестве, стимулирует центры удовольствия. Впрочем, страсть к учебе и исследованиям зависит не только от генетики, но и от детского опыта. Если это действительно так, то наши предки признавали значимость изобретений, защищали новаторов и учились у них: от творческих возможностей таких людей зависело выживание общества в условиях непредвиденных обстоятельств и угроз.

Кроме того, в нашем выживании сыграла важную роль другая намного более примитивная и действенная сила — покой. По большей части энергия сохраняется, когда не производится активных действий, когда тело и сознание находятся в покое. Потребность в сохранении энергии настолько сильна, что свободное время мы ассоциируем с отдыхом. Погулять в парке, посмотреть фильм, почитать книгу или просто уставиться в потолок. Включить автопилот. Не тратить энергию. Таким образом, мы, люди, стремимся выполнить два взаимоисключающих приказа мозга: с одной стороны, прикладывать как можно меньше усилий (покой), а с другой — искать и исследовать новое (творчество).

Для большинства из нас, похоже, покой сильнее удовольствия от новых вызовов и идей. К счастью, некоторые гораздо охотнее поддаются радости открытий. Но, даже если это не вы, творчество доставит невероятное удовольствие независимо от того, где и когда вы найдете ему применение. Творя, мы чувствуем себя прекрасно.

Подытожим. От рождения мы получаем две противоречивые команды. С одной стороны, мы запрограммированы беречь энергию — в этом проявляется инстинкт самосохранения. С другой — нам свойственно стремление расширять границы, исследовать, наслаждаться открытиями, даже подвергаться опасности. Так, любопытство присуще всем детям. Второй импульс ведет к творчеству. Нам необходимы обе «программы», но первая не требует больших усилий, поддержания и мотивации. Творческие способности трудно развивать самостоятельно. Во взрослой жизни, на работе и в быту не так много возможностей для любознательности и новых открытий, зато много препятствий, мешающих рисковать и исследовать. Поэтому мотивация, необходимая для более творческого подхода, быстро угасает, и в результате большинство не считает и не чувствует себя творческими личностями.

В то время как гены передаются от поколения к поколению автоматически, с изобретениями и идеями дело обстоит иначе. Каждый ребенок должен с самого начала учиться, как использовать огонь, колесо или атомную энергию. Единицы информации, которые приходится узнавать для продолжения культуры, называются «мемами» — это термин из книги Ричарда Докинза «Эгоистичный ген»*. Все мемы — от языка и цифр до теорий, песен и законов — должны быть переданы детям или будут утрачены. Поэтому мемы можно считать культурными эквивалентами генов.

Необыкновенно творческий человек может изменить мем. И если общество примет это, то мем войдет в культуру. Новые песни, идеи, технологии — вот что такое творчество. Впрочем, мемы не появляются спонтанно, как при биологической эволюции с мутировавшими генами. Для изменения традиции нужно приложить усилия, а также обучить последующие поколения. Все новое требует внимания, а это весьма ограниченный ресурс. Мы не в состоянии обрабатывать слишком много данных сразу, и постоянная занятость мешает придумывать что-то из ряда вон выходящее. Бóльшая часть времени тратится на повседневные дела на работе и дома.

Иными словами, чтобы стать более изобретательными в любой области, нужно «освободить» львиную долю внимания.

Если мы все время заняты, вряд ли нас посетят идеи, способные изменить или улучшить товар, песню или образ жизни

Дадим определение: творчество — это умственная активность, посредством которой в определенный момент в мозге происходит озарение,

* *Р. Докинз*. Эгоистичный ген. М.: АСТ, 2013.

влекущее за собой новую ценную идею или действие. Это разрушение привычных, устоявшихся моделей мышления, что случается со всеми, с одними чаще, с другими реже. Новизну и ценность идей, направленных на изменение парадигм и мемов в рамках определенной традиции, культуры или науки, определяют эксперты в этой области или дисциплине. Таким образом нововведение получает социальную оценку: «Это действительно необычно». Творчество не ограничивается мыслями в голове, оно проявляется через взаимодействие идей с социокультурным контекстом. Это скорее социальный феномен, чем личный.

Есть другие определения творчества. Творческий человек — это заинтересованный и воодушевленный человек с нестандартным мышлением; человек с оригинальным взглядом на мир; разносторонний человек без предрассудков, благодаря озарениям способный изобретать товары и генерировать идеи или приемы, приводящие к важным открытиям.

Новые пути

Представим на мгновение: мы на верхнем этаже небоскреба, перед нами раскинулся ночной город. Кое-где в окнах горит свет. По улицам снуют машины, освещая путь фарами, и мерцают фонари. Наш мозг похож на город в темноте, в котором всегда освещены отдельные проспекты, улицы и дома.

Продолжим эту метафору: мозг «освещается» самыми разными способами. Мы можем «зажечь» огромное количество «фонарей» — создать нейронные связи, но лишь некоторые «улицы» (нервные проводящие пути) будут освещены на всем их протяжении. Поэтому мы стремимся использовать одни и те же данные для решения разных проблем, как будто идем по освещенным улицам в поисках знакомой информации или ощущений. Тем не менее остаются и другие, непроторенные пути, на которых поджидают необычные идеи и решения.

Мы живем как будто в полуавтоматическом режиме, решаем большинство задач исходя из опыта, достоверных данных и культуры. Это три больших, всегда освещенных проспекта.

Помните, я говорил: в силу энтропии мозг старается сохранять энергию? Он бережет силы, чтобы выжить в случае непредвиденного бегства или сражения. Именно поэтому при решении интеллектуальной задачи мы в первую очередь обращаемся к имеющимся знаниям.

Наш опыт — постоянный источник информации. Но если нам нужны неизбитые формы или идеи, если мы жаждем вдохновения или откровения, придется приложить усилия и зажечь новые «фонари» (другими словами, образовать новые нейронные микросети). Усилие требует расхода энергии. В случае удачи мы находим разные ответы на один вопрос, разные решения одной проблемы. Назовем это **творческой задачей**.

Чем точнее формулировка творческой задачи, тем легче найдется ее решение. Представим: творческая задача — это рисунок на коробке, без которого сложно собрать пазл

Какой путь на работу, в школу, университет или куда-то еще, куда приходится ходить каждый день, мы выбираем? Всегда или почти всегда — неизменный. Тот же проспект, те же улицы, то же метро или автобус. Рискну предположить, что мы можем изменить свой утренний маршрут максимум два, три, четыре раза. Зачем идти по другой улице или ехать на другом автобусе, если мы уверены (**знание**), что наш обычный путь приведет нас к цели (**культура и опыт**)? Мозг не хочет прилагать лишние усилия и тратить энергию на то, что уже устоялось. Проходит время, накапливается опыт, и в нейронных сетях образуются модели и структуры мышления — освещенные проспекты большого города. Как мы увидим далее, процесс творчества **разрушит** эти модели и структуры, открыв дорогу тому, что в них не укладывается.

Не мыслю, следовательно, существую

Мозг — поистине изумительный орган; он включается сразу же, как только вы просыпаетесь, и продолжает работать вплоть до той минуты, когда вы переступаете порог своего офиса.

Роберт Фрост

Игровые занятия в начальной школе не приняты. Наше образование строится на некритическом поглощении информации, добытой предыдущими поколениями. То есть львиная доля решений опирается на знакомую информацию, на воспоминания. У слов «воспоминание» и «поминки» общий корень, поэтому с некоторой натяжкой можно сказать, что в основе большинства решений что-то мертвое. В результате мы перестаем думать. Учимся не думать. Когда в поиске ответа мы рассчитываем на образование и накопленный опыт, мышление умирает. И именно поэтому многим так трудно задействовать воображение и творческие способности. Наши идеи организованы определенным, предсказуемым образом и представляют собой ограниченный набор категорий и понятий. Творческое мышление требует умения **создавать ассоциации** и связи между двумя или несколькими разными темами, а значит, новые категории и понятия.

РАЗОГРЕВ ДЛЯ МОЗГА — УПРАЖНЕНИЕ ЭДВАРДА ДЕ БОНО НА СОЗДАНИЕ АССОЦИАЦИЙ И СВЯЗЕЙ МЕЖДУ РАЗНЫМИ ТЕМАМИ

— Выберите наугад четыре слова.

Придумайте критерий, по которому одно станет лишним.

Например: собака, облако, вода и дверь.

Критерий 1: собака, вода и дверь могут находиться в доме, а облако — нет.

Критерий 2: в словах «собака», «вода» и «облако» есть буква «о», а в слове «дверь» ее нет.

И так далее...

ДОПОЛНИТЕЛЬНЫЕ ТЕХНИКИ

— Случайным образом выберите шесть слов и разделите их на две группы по три слова. Для каждой группы должен быть свой принцип выбора.

— Составьте два списка (А и Б) по четыре слова в каждом.

Придумайте критерий, по которому слово из списка А ассоциируется со словом из списка Б.

— Составьте список из пяти слов, выбранных наугад. Выберите одно из пяти слов и найдите принципы, по которым его можно связать с остальными четырьмя.

— Выберите два любых слова.

Свяжите их так, чтобы они представили собой идею для бизнеса.
Добавьте третье слово, выбранное наугад. Подумайте, каким образом обозначенное им понятие поможет увеличить прибыль от этого бизнеса.
Добавьте четвертое первое пришедшее на ум слово.
Теперь подумайте, как соответствующее понятие поможет сделать бизнес экологичным и способствовать бережному отношению к окружающей среде.

— Выберите наугад пять слов.
  По любому принципу определите, какое из обозначенных ими понятий самое ценное, полезное, опасное, привлекательное, долговечное, дешевое и т. д.
— Выберите пять случайных слов. Два из них расположите в противоположных концах линии.
  Расставьте остальные слова так, чтобы каждое было каким-либо образом связано с расположенным справа.
— Выберите два любых слова.
  С помощью этих двух слов создайте сцену убийства. Добавьте еще три слова, выбранных наугад. Каждое из них должно стать уликой.
  С помощью этих доказательств придумайте обстоятельства убийства и подозреваемого.
— Возьмите четыре любых слова.
  Из них выберите два, которые по какому-либо критерию являются противоположностями.
— Выберите случайным образом четыре слова.
  Используя именно эти слова (не производные и не ассоциации), придумайте газетный заголовок.
  Напишите аннотацию этой статьи.

Наше мышление можно назвать репродуктивным, поскольку при решении проблем мы опираемся на прошлый опыт, то, что случалось ранее или с чем мы когда-то имели дело. Неосознанно мы спрашиваем себя: чему я научился в жизни? После этого выбираем самый многообещающий подход и отвергаем остальные. Мозг целенаправленно и неуклонно ищет решение на основе прошлого опыта. Это так называемые доминирующие модели мышления, которые упрощают жизнь. Мы можем работать, водить машину или кататься на велосипеде именно благодаря этим моделям, помогающим быстро усваивать сложные данные.

Двум группам студентов задали вопросы.

Группа 1: «Тебе семь лет и не надо идти в школу. Весь день ты можешь делать, что хочешь. Чем бы ты занялся? Куда бы пошел? Что посмотрел бы?»

Группа 2: «Весь день ты можешь делать, что хочешь. Чем бы ты занялся? Куда бы пошел? Что посмотрел бы?»

После того как студенты записали свои ответы в течение десяти минут, им предложили ряд загадок и тест на творческие способности, например придумать альтернативное применение шинам старой машины. Студенты из первой группы, которые на время почувствовали себя детьми, оказались намного более творческими и предложили вдвое больше идей, чем студенты из второй.

Мы можем вернуть способность к творчеству, если снова почувствуем себя детьми.

Мыслить творчески означает мыслить продуктивно. Следовательно, при творческом подходе мы не бросаемся на проблему, вооружившись прошлым опытом, а задаемся вопросом: сколько есть точек зрения на нее, способов ее переосмысления и решения? Цель — придумать как можно больше ответов, в том числе нешаблонных. Репродуктивное мышление лишено гибкости, что становится причиной неудач: решения, найденные с его помощью, в точности повторяют наш прошлый опыт или — по меньшей мере — внешне похожи на него. Привычное мышление порождает стандартные и неоригинальные идеи.

ТЕХНИКА ШЕСТИ СЛОВ

В чем суть творческой задачи? Ты можешь описать ее одной фразой из шести слов?

«Сделать то, что никому не удавалось», «Клиенты, с радостью использующие мой товар», «Сдать в эту сессию все экзамены», «Оставаться довольным холостяком как можно дольше» и т. д.

Формулируя сложную проблему одной фразой из шести слов, вы стимулируете свое воображение.

Пабло Пикассо говорил: «Каждый ребенок — художник. Трудность в том, чтобы остаться художником, выйдя из детского возраста»

Одна из форм творческого мышления — концептуальное смешение — позволяет проводить ассоциации и создавать связи между разными темами. Для новых возможностей нужно «освободить» мысли. Дети в этом — настоящие эксперты. Их мысли похожи на воду: такие же чистые, текучие и всеобъемлющие. Все перемешивается и сочетается, создается множество связей и ассоциаций. Поэтому дети спонтанно творят. Уже в школе нас учат определять, проводить различия, разделять и распределять по категориям. В дальнейшей жизни эти категории остаются разделенными и не соприкасаются. «Жидкое» мышление ребенка как будто застывает в формочке для льда, где каждая ячейка — это категория. Другими словами, наши мысли замерзают.

Концептуальное смешение в истории

Когда мы сравниваем великие открытия этого века и прошлого, то задумываемся, насколько люди изобретательнее сегодня, чем сто тысяч лет назад. А как же огонь, копье, колесо, лодка, земледелие?

Возможно, первой творческой идеей человека было разжечь огонь с помощью двух камней. Я представляю первобытных людей, заметивших, что во время грозы молнии падают на землю и поджигают деревья, а ветер разносит огонь по африканской саванне. Воображаю, как они ударяют камнем по камню, чтобы прогнать хищников, и как высекаются искры. Эти люди — не получившие в отличие от нас формального образования — свободно соединяли понятия. Удар камнем о камень; молнии, поджигающие деревья; и ветер. Связав эти явления в своем сознании, они самостоятельно добыли огонь, ударяя камнем о камень или путем трения палок. У них не было школ, в которых их бы научили разводить огонь, ни ученых, ни художников, ни философов. Воображение этих людей оставалось абсолютно чистым, а мышление — естественным и спонтанным, как при рождении. Они могли сочетать разные сущности, функции, характеристики, модели, которые замечали в своем окружении. Антропологи, например, считают:

первобытные люди могли вдохновиться паучьей паутиной и придумать сети, чтобы ловить насекомых, охотиться и рыбачить. Подобным образом, через сочетание разных категорий, они пришли к изготовлению инструментов и оружия из кости, камня и дерева. В то же время они создавали рисунки, рассказывая свои истории. Так родилось искусство.

Один плюс один равно один

Вернемся в настоящее и рассмотрим модели логического мышления в действии. Предположим, что передо мной стоит творческая задача сделать бассейны более удобными. Я совершенно точно знаю из прошлого опыта, что такое бассейн, поэтому в поисках решения доминирующие модели мышления растопят кубик льда под названием «бассейн». Не важно, сколько раз я растоплю этот кубик, все, что я смогу, будет лишь незначительным улучшением. Мои ресурсы ограничиваются знаниями о бассейнах и пловцах. Теперь представьте, что я растопил другой кубик льда — категорию подъемных кранов — и поместил его в одну емкость с кубиком «бассейн». Если растопить их и смешать, получится однородная жидкость. Один плюс один равно один, не два. Соединив понятия «бассейн» и «подъемный кран», я получаю куда больше возможностей для ассоциации и установления связей и в итоге для творчества. В моем воображении возникнут бассейн, который поднимается, как строительный кран; бассейн, сделанный из стали; и даже бассейн с грузоподъемным блоком, чтобы перемещать его с места на место. Более того, творчество в любой области — искусстве, науке, технологиях и даже повседневной жизни — предполагает способность разума смешивать очень разные понятия и темы. Наиболее успешные творческие идеи человечества представляют собой новое сочетание давно известных вещей.

Концептуальное смешение может привести к невероятным последствиям, в частности к возникновению абсолютно новых и нестандартных идей

Нас учат логическому и аналитическому мышлению, поэтому у большинства способность находить ассоциации между несвязанными категориями не слишком развита. Нам сложно сочетать вещи, которые на первый взгляд не имеют ничего общего, как бассейн и строительный кран. Это неумение сильно ограничивает творческие способности. Мы воздвигаем мысленные стены между разными понятиями — кубиками льда, каждый из которых лежит в своей ячейке формы.

ТЕХНИКА: ОДИН ПЛЮС ОДИН РАВНО ОДИН

Когда одна капля воды соединяется с другой, образуется одна новая капля, а не две. Когда к одному понятию добавляется другое, вместе они составляют новую категорию, а не две отдельные. Один плюс один равно один.

Небольшая тренировка воображения.

Запишите имена десяти самых близких человек, затем обратите внимание на первые буквы их имен. Например, «Мария» — «М», «Александр» — «А» и т. д.

Запишите слова, которые ассоциируются у вас с этими буквами, например «м» — мартышка, «а» — автомобиль.

Сочетайте соответствующие понятия парами, выдумывая что-то новое. Например, «мартышка» плюс «автомобиль» равно автомобиль в форме банана.

Кроме концептуального смешения, есть другой способ освободиться от доминирующих моделей мышления — исходить из сущности и назначения вещи. Попробуйте отказаться от названий, обозначений и категорий и взглянуть на предметы с позиции наших далеких африканских предков.

Назначение автомобиля — перевозить людей, назначение зубной щетки — чистить зубы. Причина, по которой мы пользуемся одноразовым бритвенным станком, — острое лезвие. Получив задание «улучшить систему банковских вкладов», я задумаюсь о сути вклада. Допустим, это «безопасное сбережение денег на будущее». Что связано с хранением? Белки прячут еду на зиму, парковщики следят за машинами гостей ресторана, в портовых контейнерах хранится товар, в ангарах стоят самолеты и т. д. Попробуем связать эти явления в поисках новых идей для улучшения системы банковских вкладов. Например, зимой (по ассоциации с белкой) банк может выплачивать бóльшие проценты, чтобы побудить людей в холодное время года чаще делать вклады.

Другая похожая техника — стать частью проблемы. Если продолжить пример с банком, представим, что мы — сейфы в банке, то место, где хранятся деньги. Что бы вы сказали банкиру? А клиенту? Каким бы вам хотелось быть: маленьким или большим? Разноцветным или однотонным? Стоять в помещении или снаружи? Представляя себя сейфом и отвечая на вопросы, можно придумать что-то новое и необычное.

ТЕХНИКА: Я ЗАДАЧА

Представьте себя проблемой или ее частью. Посмотрите на ситуацию с этой точки зрения. Как бы я почувствовал себя на месте моей задачи? Что бы я сказал себе? Что бы я почувствовал, если бы стал идеей, которую развиваю? Что бы я самому себе посоветовал?

Все три техники — концептуальное смешение, поиск сути или причин задачи и постановка себя на место проблемы — вводят элемент **случайности** для преодоления логической модели мышления.

ТЕХНИКА: СУТЬ ЗАДАЧИ

Если ваша творческая задача — жить более спокойной, расслабленной жизнью, спросите себя: какие предметы излучают спокойствие? Кто ведет неспешную жизнь? Черепахи? А что представляют собой черепахи? И, исходя из этого, начните работать с ассоциациями и придумывайте идеи для решения вашей задачи.

Выявление сути и причин освобождает воображение от оков, которые иногда могут накладываться словами, категориями и обозначениями.

ТЕХНИКА: ВЗАИМОСВЯЗИ

Если ваша задача — нововведения в мойке машин, составьте список всего, что моют (волосы, одежда, улицы, ногти, собаки и т. д.). Ключевые слова: «мойка», «мыть», «чистка».

Найдите связи и ассоциации, которые можно будет применить к мойке машин.

Первым о роли случайности в создании моделей мышления, отличных от установленных образованием и опытом, заговорил Леонардо да Винчи. Он приходил к удивительным идеям, вдохновляясь предметами, не имевшими между собой ничего общего. Перед ним стояла задача применения этих идей. Он мог рассматривать пятна на стене, пепел от костра, облака или следы в грязи. Особенно интересны эти методики тем, что, обратив внимание на два разных предмета, понятия или идеи, вне зависимости от того, насколько они далеки друг от друга, мозг установит между ними связь. Этот феномен объясняет, например, метафоры. Мы говорим: «С глаз долой — из сердца вон», — и все сразу понимают, о чем речь. Но ведь нет прямой связи между глазами и сердцем. В этой фразе отсутствует логика, но мы ее понимаем. Дело в том, что наш мозг берет два не связанных между собой понятия и соединяет их: *если мы что-то или кого-то не видим, то не расстраиваемся из-за него.*

ТЕХНИКА ЛЕОНАРДО ДА ВИНЧИ

Леонардо говорил: нельзя что-то по-настоящему узнать, не рассмотрев это с трех-четырех разных точек зрения. Настоящее понимание приходит из слияния всех этих точек зрения воедино.

Например, при разработке первого велосипеда он подошел к задаче с точки зрения транспорта (лучший дизайн), инвесторов (кто может профинансировать создание прототипа и производство), конечного потребителя (кто будет им пользоваться) и города (где на нем будут ездить). Все это нашло отражение в финальном проекте велосипеда.

Согласно исследованиям в области педагогической психологии разнообразие перспектив способствует развитию творческих способностей и лучшему пониманию вещей.

С техникой концептуального смешения можно подступиться к нескольким задачам одновременно. Иногда одна проблема «заражает» другую, благодаря чему можно использовать идеи, связанные с первой, для решения второй, и наоборот. Как правило, мы занимаемся сначала одной проблемой и только затем переходим к следующей. Полезный совет: попробуйте заняться двумя проблемами одновременно.

Представьте, что вы строите карточный домик, как в детстве. Он поднимается и растет совершенно предсказуемым образом и вдруг достигает критической точки и падает. Так же происходит, когда мы представляем себе случайный предмет, понятие или идею и мысленно пробуем совместить с нашей задачей. Возможно, в какой-то момент случайно и неожиданно работа воображения повлечет за собой новую мысль. Нейроны «загорятся», как лампочки, и образуют связи, от них «зажгутся» соседние, и начнется цепная реакция. Лавина мозговой активности накроет и другие меньшие нейронные сети, подобно тому как карта за картой рушится карточный домик. До падения домика карты расставлены одним образом, а после лежат по-другому. Так же и мысли выстраиваются в определенном порядке, пока не достигнут критической точки и не перегруппируются в новые идеи.

Без сомнения, самая значимая творческая сила — это **природа**. Она необыкновенно продуктивна, создает огромное количество видов методом проб и ошибок. После этого в дело вступает процесс естественного отбора, определяющий, какие выживут. Считается, что 95% видов погибает. Со временем формируется постоянное «хранилище» генов, нужных для выживания в такой среде. Эти гены подвергаются мутациям, и виды постепенно изменяются. Виды, совокупность генов которых не предполагает вариативности, не могут приспособиться к изменениям окружающей среды и, как правило, вымирают. В природе важно разнообразие.

Подобный процесс происходит и в нашем мозге. Мы обладаем способностью генерировать идеи и делаем это на основе уже существующих моделей мышления (как «хранилища» генов). Если нам не удастся разнообразить эти модели (мутации), идеи будут походить друг на друга и потеряют адаптивное преимущество (вид исчезнет).

Вчера я купал уже трехлетнюю Уму, и в какой-то момент она меня попросила: «Папа, дай мне эти две ложки». Я ответил: «Здесь нет ложек, мы же в ванной», — и про себя подумал: «Ложки на кухне». Она настаивала: «Папа, папа, дай мне ложки, пожалуйста, я играю, мне нужны ложки». Она показала пальцем, и оказалось, что она имела в виду две зубные щетки. В ее воображении все возможно, оно еще несистематизированное, несформированное, в нем отсутствуют понятия и категории, которые начинают формироваться в детстве, а особенно в школе. Дети стремятся не исключать возможности, а расширять их. В этом возрасте они не только необыкновенно изобретательны, но и получают огромное удовольствие от **исследований**, обязательных для развития творческих способностей. Подумайте, как еще можно назвать первую главу этой книги? Почему?

Глава 2
Мозг и разум

Кажется, я видел симпатичного леопарда

Сто тысяч лет назад, когда мозг только сформировался, мы жили в невероятно враждебном мире. Нужно было охотиться. Из-за сложных природных условий и бродящих вокруг зверей мы постоянно были начеку: подстерегали добычу и в то же время следили, чтобы не появился хищник. Тогда страшным врагом был леопард.

Как мы уже знаем, человеческий мозг эволюционировал, чтобы сохранять энергию на случай угрозы жизни. Женщины обычно ухаживали за детьми, собирали фрукты или семена и охотились на мелких грызунов, однако им тоже приходилось заботиться о безопасности. Мужчины и женщины, лишенные этого запаса энергии, не могли убежать или защититься от внезапной угрозы, и, скорее всего, их съедали. Шансов оставить потомство у них было немного.

Попробуйте выполнить следующее упражнение: закройте глаза на полминуты и представьте закат, а затем опишите его. Наверняка вы вообразили себе знакомую картину, увиденную на море, в горах или за городом. Это еще один пример того, что мозг не хочет тратить силы на что-то уже известное. Если он получает команду решить задачу, то, экономя усилия, ищет на освещенных улицах — среди знакомой информации. Мы много раз видели заходящее солнце, и мозг выбирает картину из воспоминаний. Он не станет «зажигать» другие нейроны и воображать другой закат. Быть творческим не так просто, требуются определенные усилия. Необходимо искать связи там, где их на первый взгляд нет, продвигаться по улицам с погашенными или еле мерцающими фонарями-нейронами. Такое путешествие мы совершаем в этой книге.

Больше узнавая о мозге, о его эволюции, об ограничениях и о функциях, мы лучше понимаем себя. Великие открытия человечества, как правило, объясняют случайностью, но, как говорил французский химик Луи Пастер, «счастливый случай благоприятствует подготовленному разуму». Вожделенное творческое озарение может произойти у любого, но при правильной подготовке вероятность выше. Около 60% решений проблем мы не можем логически объяснить. Доскональная проверка состояния машины перед отпуском гарантирует более безопасное путешествие. Почему бы не ознакомиться с мозгом — нашим самым ценным ресурсом и не подготовиться к самому важному путешествию — жизни?

Мы и наш мозг

Мозг, без сомнения, самая сложная система во вселенной. Благодаря невероятному техническому прогрессу в области его изучения нейронаука для XXI века станет тем же, чем была микробиология для XX, химия — для XIX и физика — для XVIII. Но, хотя за последнее десятилетие мы узнали о мозге больше, чем за всю историю человечества, многое еще предстоит понять. Чем обусловлены индивидуальность, таланты, личность? Любые действия, мечты и поступки берут свое начало в мозге, который призван решать проблемы, связанные с выживанием в постоянно меняющемся мире. И это не более чем часть стратегии вида по передаче генов следующему поколению.

Противостоять неблагоприятным условиям и оказаться среди немногих видов, которым посчастливилось уцелеть, можно было двумя способами: стать сильнее или умнее остальных. То есть нарастить мышцы на скелет или добавить нейроны в мозг. Мы пошли по второму пути. И эти нейроны, скопившиеся в префронтальной коре — части мозга, которая сформировалась позднее всего, — отделили нас от братьев-горилл.

Мы — люди, потому что умеем фантазировать

Исследователь Джуди Делоуч определила исключительно человеческую способность мыслить символами как умение присваивать предметам свойства и значения, которых изначально у них нет. Иначе она называла эту способность «репрезентативным озарением». То есть мы можем изобрести нечто новое, до сих пор не существовавшее.

Когда мы с дочерью притворяемся, что сухие ветки под деревьями — это севшие на землю самолеты, мы как никогда человечны. Благодаря умению сочетать символы у нас есть язык, письмо, искусство, математика. Точки и каракули, соединяясь, становятся музыкой или поэзией, круги и квадраты — картинами кубистов. Впрочем, способность находить и мысленно представлять связь между означающим и означаемым не дается от рождения. На то, чтобы развить ее в полной мере, мы тратим почти три года жизни. Поэтому до достижения этого возраста мы мало чем отличаемся от обезьян. Например, девочка двух с половиной лет играет с кукольным домиком и кладет пластмассовую собачку под миниатюрную кровать. Ей говорят: в соседней комнате точно так же спряталась собака. Двухлетний ребенок не поймет, где искать собаку, в то время как трехлетний сразу побежит заглядывать под кровать. Благодаря символическому языку мы можем усвоить огромное количество информации и знаний без необходимости каждый раз проверять все на собственном опыте, что иногда бывает нелегко. Если я упаду в болото, смогу выбраться и поставлю перед ним табличку с надписью «Осторожно — болото!» или с рисунком болота, из которого высовывается рука, то другие не попадут в эту ловушку. Логично, что, единожды заполучив такой инструмент, как мозг, мы его сохранили.

В конечном счете мы выжили, потому что **умнее других живых существ**, и человечность по большей части обусловлена способностью фантазировать. Уже нет сомнений относительно нашего творческого потенциала, однако, как и любое обучение, **его развитие** займет время. Осмысленное и терпеливое выполнение упражнений из этой книги поможет вам создать больше нейронных связей, что, в свою очередь, приведет к возникновению новых и нестандартных идей.

Эволюция мозга

Изучи инструмент. Потом упражняйся, упражняйся, упражняйся. И наконец, когда ты поднимешься на сцену, выбрось все из головы и играй джаз!

Чарли Паркер

Первые млекопитающие, общие предки всех других млекопитающих, жили около 180–200 миллионов лет назад. 30 миллионов лет спустя появились первые птицы. Но проблемы оставались те же, что и у рептилий и рыб: сложная для выживания среда и голодные хищники. Впрочем, мозг млекопитающих и птиц был больше относительно размера тела. Важное отличие в том, что ни рептилии, ни рыбы не ухаживают за своим потомством, некоторые даже его поедают, и в основном ведут одиночный образ жизни. Млекопитающие и птицы, наоборот, воспитывают своих детенышей и в большинстве случаев заводят пару, некоторые — на всю жизнь. Выбор партнера, распределение пищи и уход за детенышами требуют более сложного нейронного процесса, выражаясь языком нейробиологии, то есть белка или попугай более развиты *с точки зрения науки*, чем ящерица или лосось. Они лучше планируют, общаются, сотрудничают и договариваются. Эти способности необходимы и людям, ставшим родителями. Следующим шагом в эволюции мозга стало появление 80 миллионов лет назад приматов. Обезьяны очень общительны и проводят до четырех часов в день, перебирая шерсть друг другу. Чем большего успеха они добиваются в обществе, тем больше потомства оставляют, а чем сложнее социальные отношения, тем сложнее и структура мозга.

На сегодняшний день наиболее точный критерий в определении периода, когда мы стали людьми, — создание орудий. Отправившись в путешествие к истокам, мы выясним, что 2,6 миллиона лет назад наши предки царапали камни и разбивали их. Мы изготовляли каменные топоры размером с ладонь. С тех пор наш мозг увеличился в три раза. Через миллион лет после этого мы использовали все те же каменные топоры, только начали заострять их, ударяя о другие камни. Знаменитый Homo sapiens sapiens формировался как вид 300 000–250 000 лет назад. В этот период развивалась префронтальная кора головного мозга. Затем произошло нечто необыкновенное: 40 тысяч лет назад мы начали разрисовывать камни, делать скульптуры и изготавливать украшения. Почему произошла такая резкая перемена? Большинство ученых видят причину в изменении климата, сказавшемся на выживании видов. Племя наших первых предков из Восточной Африки насчитывало около двух тысяч человек. Сто тысяч лет спустя нас уже 7 миллиардов. Такой рост популяции объясняется в теории тем, что мы не боролись с неблагоприятными климатическими условиями, а приспосабливались к ним. Нам не нужна была постоянная среда обитания, одно-два места, как у других видов. Вместо этого мы заселили всю землю. Те, кто не мог решить проблемы среды обитания или быстро учиться на ошибках, жили недостаточно долго для того, чтобы передать свои гены потомству, как и те, кто не помогал другим членам клана.

*В результате эволюции мы стали
не сильнее, а умнее!
И произошло это благодаря изменениям в мозге*

Через сто тысяч поколений, с тех пор как мы изобрели каменный топор, в нас укрепились гены, развивающие способности к общению и сотрудничеству. Сегодня результат эволюции проявляется в альтруизме, великодушии, заботе о репутации, праве, правосудии, морали и религии. Все это стало возможным благодаря двум важным особенностям мозга: с одной стороны, базе данных, в которой мы храним знания, как на жестком диске, а с другой — способности спонтанно использовать эту информацию.

Подростком я брал уроки саксофона. Вскоре мне захотелось создавать музыку и импровизировать в стиле босановы*, как Стэн Гетц**. Я и не думал, что для этого нужно было не только ознакомиться с теорией музыки, выучить гаммы и ноты, но и развить глубокое понимание этого музыкального стиля. Я должен был заполнить мой жесткий диск данными и только потом импровизировать — использовать свой творческий потенциал. Джазовые музыканты годами разучивают правила только для того, чтобы их нарушить. **Именно эта способность импровизировать на основе знаний помогала выживать в изменчивых условиях.** Сегодня, как никогда, мы должны использовать эти исконно человеческие умения, чтобы преуспеть в обществе, на работе, в обучении и в результате наслаждаться более полной жизнью.

Не используем — утрачиваем

Вероятно, вы, как и многие другие без особых проблем со здоровьем, сможете пробежать 42 км марафона. К этому необходимо готовиться:

* Босанова (порт. *bossa nova*) — стиль популярной бразильской музыки, представляющий собой синтез местного фольклора (байау, самба) и некоторых элементов джаза.

** Стэн Гетц (1927 — 1991) — американский джазовый музыкант (теноровый саксофон).

тренироваться, изменить диету и поддерживать дисциплину. То же самое происходит с творческой «мышцей», которая есть у всех, — если ее не тренировать, она не будет развиваться.

С момента поступления в школу мир для нас становится логичнее и рациональнее. Творческая мышца уже не нужна, как в детстве, и мы утрачиваем творческие способности. **Если не использовать творческий потенциал, он снижается.** Нейронаука показала, что сами способности к творчеству при этом не пропадают и их можно развивать в любом возрасте. Общеизвестно, что в процессе творчества наибольшую активность проявляет правое полушарие. Нейронные сети этой области, участвующие в творческом процессе, можно натренировать, если заниматься каждый день.

Левое полушарие мозга работает последовательно и обрабатывает информацию линейно, кроме того, отвечает за способность писать, анализировать, обособлять, разделять на категории, использовать логику, здравый смысл, вербальную память и символы, понимать математику. Правое полушарие может обрабатывать множество запросов одновременно, отвечает за всестороннее **восприятие** и помогает проводить параллели. Здесь работает интуиция и появляются озарения. Благодаря навыкам обобщения, визуализации, распознавания моделей и установления связи предметов с настоящим правое полушарие отвечает за ощущения. Например, вспомнить имя человека — это обязанность левого полушария, а представить его лицо — правого. Прочесть книгу о том, как играть в теннис, — работа левого полушария, но почувствовать, как мяч должен удариться о ракетку, — правого.

ТЕХНИКА: ОБА ПОЛУШАРИЯ МОЗГА

Запишите на листе бумаги все идеи для решения творческой задачи, которые кажутся вам наиболее привлекательными, экстремальными, сексуальными, невозможными.

На другом листе запишите все практичные, логичные, реалистичные идеи.

Сравните два списка и попробуйте придумать новые идеи на их основе.

Упражнения для тренировки правого полушария

Прочтите произведение в жанре научной фантастики или фэнтези. Когда мы читаем историю, требующую работы с новыми значениями и использования воображения, мы тренируем правое полушарие. Чтение историй, рассказов и романов развивает интеллектуальные способности, необходимые для того, чтобы думать по-другому, более творчески. Читателю приходится исследовать разные смыслы в поисках недословной интерпретации прочитанного.

Тишина. Занимаясь деятельностью, при которой не нужно разговаривать, мы значительно подавляем активность левого полушария. Тем самым мы снижаем активность доминантных моделей мышления в нейронных сетях, как бы уменьшая громкость нашего сознания.

Любая деятельность или игра, тренирующая воображение. Головоломки, настольные игры, кроссворды, театральные, музыкальные или танцевальные импровизации и многие другие занятия не только тренируют нашу способность производить разные идеи, но и позволяют увидеть развлекательную сторону творческого процесса. Мы намного чаще демонстрируем творческий подход и чувствуем себя первооткрывателями в детстве. Что может быть лучше для развития творческих способностей, чем снова почувствовать себя детьми?

Принятие двусмысленности. Это невероятно важно для работы с разными смыслами. Одно из любимых занятий правого полушария. Двусмысленность открывает море возможностей.

Если вы застряли на особо сложной проблеме, профессор Джон Куниос советует завести будильник на несколько минут раньше обычного, чтобы подумать над решением в кровати, еще не совсем проснувшись. Именно в это время нас посещают лучшие идеи. И не забудьте потом записать их.

Нервная клетка

Влюбленность; прогулка на велосипеде; наслаждение пейзажем; зубная боль, мешающая спать; неожиданная идея, показавшаяся гениальной, — все это начинается с нейрона.

Как и любой другой орган, мозг состоит из разных тканей, которые в свою очередь складываются из более мелких частиц — клеток. Любой живой организм строится из клеток. Если жизнь — спектакль, то клетки — рабочие за кулисами, без которых представление невозможно. Обычную клетку можно представить в виде яичницы-глазуньи, в которой белок — это цитоплазма, а желток — ядро. Клетка как целый город, только размером с микрон (в миллион раз меньше метра), в котором есть всё: транспорт, больницы, стройки, коммуникации, уборка и гигиена, образование и т. д. В ядре содержится знаменитая ДНК, анализа которой так страшатся сегодня преступники. ДНК состоит из генов, блоков биологических инструкций, определяющих многие наши характеристики, такие как цвет глаз или степень подверженности стрессам. В ядре каждой клетки содержится примерно три метра цепочки ДНК! Это невероятно: представьте 100 км сетевого провода внутри клубники. Строение клеток тела различается в зависимости от того, где они находятся и для чего предназначены. Нервные клетки также непохожи по форме и размеру и выполняют разные функции. Самые известные и самые важные для нашей темы — нейроны. Если наступить на яичницу и она разбрызгается, мы получим рисунок, похожий на форму нейрона, что-то вроде звезды с бесчисленными лучами. Если поставить палец в конец лучей и протянуть их дальше, у нас получится многозубчатая фигура. Это и есть нейрон. В целом он состоит из клеточного тела (то, что осталось от белка и желтка), аксона и дендритов (соответственно длинный отросток и лучи звезды). По аксону нервный импульс передается другому нейрону или мышечной ткани. С помощью дендритов нейроны обмениваются информацией. Вся совокупность клеточных тел нейронов называется серым веществом, а совокупность аксонов и других клеток, глиальных, — белым веществом. Глиальные клетки — вспомогательные. Они призваны защищать аксоны и перерабатывать биологически активные химические вещества, посредством которых нервный импульс передается от нейрона к нейрону или к мышечной ткани, — **нейротрансмиттеры**. Самые известные из них: глутаминовая кислота (возбуждает нейроны), гамма-аминомасляная кислота (затормаживает нейроны), серотонин (регулирует аппетит, отвечая за чувство насыщения, поддерживает баланс сексуального желания, контролирует температуру тела, моторную деятельность и когнитивные функции), дофамин (влияет на мотивацию, внимание и обучение, является важной частью системы поощрения), норадреналин (отвечает за бдительность и возбуждение), ацетилхолин (связан с функциями памяти, играет важную роль в обучении и процессе пробуждения), опиоиды (в том числе эндорфин, регулируют уровень стресса, уменьшают боль и вызывают удовольствие), окситоцин (отвечает за заботу о детях, взаимоотношения между людьми, доверие и любовь, у женщин его больше, чем у мужчин), вазопрессин (поддерживает близость в парах, у мужчин может вызывать агрессию по отношению к соперникам), кортизол (выделяется надпочечниками во время стресса), эстроген (содержится как в женском, так и в мужском мозге и влияет на либидо, чувство юмора и память).

Нервные проводящие пути состоят примерно из ста миллиардов нейронов. Это основа нашей нервной системы. Их главная функция — взаимодействовать между собой с помощью синапсов, местах контакта двух нейронов или нейрона и другой клетки, где проходит электрохимический импульс. Через синапсы информация передается другим нейронам, а также мышцам и разным железам. Железы — это небольшие органы, которые вырабатывают химические вещества, например гормоны, и выбрасывают их преимущественно в кровоток. Каждый нейронный сигнал представляет собой часть информации, передаваемой по нервной системе (как кровь циркулирует по кровеносной системе). Вся информация — это то, что мы называем сознанием в широком смысле. Но внимание: многие умственные процессы (по одной версии, около 80%) происходят за его пределами, то есть нам о них ничего не известно. Понятие «сознание» включает в себя сигналы, регулирующие стресс, умение кататься на велосипеде, личностные качества и многое другое. Мозг меняется и формирует сознание. Они взаимодействуют настолько тесно и настолько зависят друг от друга, что проще считать их единой системой. Это очень загруженная система. Несмотря на то что вес мозга составляет всего около 2% от веса тела, он использует 25% нашей энергии, то есть глюкозы и кислорода, которые мы потребляем. Система мозга и сознания функционирует 24 часа в сутки, 7 дней в неделю, 365 дней в году и тратит одинаковое количество энергии во время сна и в минуты напряженных размышлений.

Контакт

Мы влюбляемся в кого-то; нельзя кататься без велосипеда; наслаждаясь закатом, мы смотрим, как солнце опускается за горизонт; зуб болит из-за кариеса; математика изучается через уравнения, написанные на доске; в голову пришла гениальная идея, которая поможет решить проблему на работе... Все начинается с нейронов, только благодаря их взаимодействию между собой и нашему взаимодействию с миром пробуждаются здравый смысл, эмоции, *творческие способности*, инстинкты — сознание.

Нейроны «общаются» с помощью синапсов. Представьте ряд нейронов, расположенных друг за другом, как на улице с односторонним движением и светофорами. Если с помощью электрических импульсов и высвобождения нейротрансмиттеров отправляется сигнал остановить какую-либо деятельность, светофор переключится на красный. Если, наоборот, дается указание начать или продолжать что-то делать, зеленый загорится на всем пути до конечной цели информации, например до ноги, которая должна ударить по мячу. Информация передается на расстоянии от двух миллиметров до метра. Когда по нейрону протекает электрический импульс, в мембране аксона возникает так называемый потенциал действия, при котором ее заряд изменяется с негативного на позитивный и обратно. Этот процесс может повторяться до 1000 раз в секунду, а его скорость достигает 170 км/ч. Когда импульс доходит до конца аксона, смена напряжения приводит к высвобождению нейротрансмиттеров, которые прикрепляются к рецепторам клеток в месте назначения сигнала. Эти рецепторы работают как тумблеры: включаются или выключаются в зависимости от переданного химического сообщения. В нейроне десятки тысяч связей подобного типа. Типичный нейрон активируется от 5 до 50 раз в секунду. Нейроны соединяются с другими нейронами, с мышцами или железами, образуя **триллион** разных моделей. Они изменяются, растут и перемещаются на протяжении жизни. Эти специализация и миграция начинаются на стадии эмбриона, около четырех недель после зачатия. Благодаря генетической программе определенный тип нейрона перемещается в нужную область, где пускает свои дендриты и аксоны, чтобы соединиться с другими нейронами. Тем самым они строят разные структуры мозга, усваивают особые способы передачи сообщений и учатся контролировать взаимодействие с окружающей средой, от удара по мячу (моторные функции) до управления самолетом (занятия, для которых необходима хорошая память).

Сознание будет продолжать обучаться и изменяться до самой смерти благодаря такой способности мозга, как нейропластичность. Это свойство подразумевает небольшие изменения в нейронной структуре, нарастающие со временем. Обучение и размышления могут изменить картину межнейронных взаимодействий.

Умственная активность может придать форму нейронным структурам разными способами. Крупные скопления нейронных сетей получают больший приток крови, то есть больше глюкозы и кислорода.

Когда несколько нейронов активируются одновременно, существующие синапсы укрепляются и появляются новые — происходит нейрогенез. Неиспользуемые или просто неактивные нервные проводящие пути подвергаются своего рода обрезанию, сохраняются наиболее загруженные. Новые нейроны появляются в разных отделах мозга, например в гиппокампе, где такое рождение нейронов открывает каналы памяти новым знаниям. При этом позитивное эмоциональное возбуждение помогает обучению, увеличивая нейронные связи и закрепляя синаптические изменения. Следовательно, личный опыт при обучении важен не только из-за его субъективного и мимолетного влияния. Когда мы его получаем, в физических тканях мозга происходят долговременные перемены, отражающиеся на здоровье, деятельности и отношениях.

С точки зрения биологии мы не должны терять творческие способности с возрастом. В молодости, более наивные и менее образованные, мы легче принимаем радикальные идеи. Если вы продолжите ставить перед собой новые задачи, мысли останутся юными, даже несмотря на седину в волосах

Итак, наука показала: мы должны заботиться о себе, развивать познавательные способности именно потому, что любой опыт воздействует на структуру и анатомию мозга, а это в свою очередь влияет на наше настоящее и будущее.

Три мозга

Основное различие между эмоциями и разумом состоит в том, что эмоции ведут к действиям, а разум — к выводам.

Дональд Калн

Жизнь на Земле возникла около 3,5 миллиарда лет назад. Первые многоклеточные организмы появились около 650 миллионов лет назад. В процессе эволюции животных развивались их нервные клетки и ткани, превратившиеся со временем в командный пункт — мозг. **На самом деле у нас три мозга**. Можно сказать, сильно упрощая, что в ходе эволюции, перед тем как стать приматами, мы были простыми млекопитающими, а до этого — рептилиями. У нас до сих пор мозг «*ящерицы-белки-обезьяны*», определяющий поведение. Его называют «триединым мозгом» — это одна из множества моделей, с помощью которых ученые описывают иерархию структур мозга. Представьте себе строительство дома: сначала закладывается фундамент (рептилия), затем возводятся стены (белка) и в конце кладется крыша (обезьяна), но при этом все эти структуры — части одной конструкции. Самой старой области, *рептильному мозгу*, 500 миллионов лет. Она отвечает за все, что связано с жизненными функциями: дыхание, сон, пробуждение, сердечный ритм и т. д. *Мозгу белки*, или лимбической системе, около 200 миллионов лет. Он отвечает за все, что связано скорее с животным выживанием, чем с человеческим потенциалом: убежать или сражаться в экстремальных обстоятельствах, питаться и размножаться. Здесь расположено миндалевидное тело (амигдала), не имеющее ничего общего с миндалинами в горле. Оно играет ключевую роль в формировании эмоций и вызываемых ими воспоминаний. Благодаря амигдале мы чувствуем досаду, страх и удовольствие. Кроме того, в лимбической системе находятся гиппокамп, участвующий в переходе кратковременной памяти в долговременную, и таламус, отвечающий за перераспределение информации от органов чувств, за исключением обоняния, к коре головного мозга. Эти два мозга самые старые, они регулируют наше поведение. Венчает их самая человеческая часть — кора головного мозга. Значит, если провести аналогию с домом, миллионы лет он стоял без крыши.

Кора головного мозга специализируется на зрении, языке, памяти и всех функциях, связанных с принятием решений. Она разделена на два полушария — правое и левое, соединенные мозолистым телом. В ходе эволюции левое полушарие стало управлять линейной, языковой переработкой информации, в то время как правое полушарие взяло на себя работу с визуальной информацией и восприятие картины в целом, в перспективе. В любом случае две половины мозга работают вместе. Многие нейронные структуры и области дублируются в каждом полушарии. Несмотря на то что кора расположена на поверхности, она тесно связана с внутренней частью мозга. Кора как бы сжата, что придает мозгу его рельеф с бороздками и складками. Если бы она осталась гладкой, то была бы размером с детскую пеленку.

Мы эмоциональные существа, которые научились думать, а не думающие машины, способные чувствовать

В течение долгого времени мы считали себя рациональными существами (кора) с чувствами (лимбическая система). Сегодня ученые сходятся во мнении, что центральный выключатель нашего мозга — это его эмоциональная часть. Логично, учитывая, что лимбической системе больше 200 миллионов лет, в то время как коре головного мозга — всего сто тысяч. У эмоций намного больше власти над разумом. Поэтому многие решения в жизни мы принимаем неосознанно, при этом бóльшую часть из них — в порыве чувств (некоторые — на основе воспоминаний, другие — исходя из свежих впечатлений). В большинстве случаев разум лишь обосновывает решения до того, как мы осознаём, что их уже приняли. Управляя поведением в повседневной жизни, мозг намного чаще попадает под влияние эмоций, чем разума.

ТИПИЧНЫЕ РАБОЧИЕ ПРОБЛЕМЫ

Эти вопросы, связанные с наиболее частыми рабочими проблемами и задачами, помогут вам придумать необычные идеи для их решения.

Чего бы вам хотелось добиться в своей работе? Над какой идеей или темой хотелось бы поработать? Что бы хотелось, чтобы случилось на работе? Какие отношения вы бы улучшили? Что бы вам хотелось делать лучше на работе? На что бы вы желали тратить больше времени? Из чего вам бы хотелось извлекать больше пользы? Каких целей нужно достичь? Что вам нравится в работе? А что вызывает досаду и беспокойство? Что совсем не нравится? Что в поведении других вам неприятно или что вы хотели бы изменить? Чем должны заниматься другие сотрудники? Что бы вы изменили? На решение каких проблем тратится много времени? Что не стоит того? Что слишком сложно? Какие есть подводные камни? В каких аспектах работы вы неэффективны? Что заставляет вас горячиться и терять голову? Что разочаровывает? Что бы хотелось лучше организовать на работе? Как вы можете получить прибыль от работы?

Типичные рабочие задачи, в решении которых вы можете использовать свой творческий потенциал, следующие. Какие нестандартные идеи я могу предложить для выпуска нового продукта? Как урезать расходы, чтобы увеличить производство? Как сделать наши продукты отличающимися от других, в том числе от продукции конкурентов? В каких новых продуктах есть потребность? Как улучшить существующие продукты? Как продавать на 20% больше, чем сейчас? Какие новые техники продаж я могу придумать? Как стать незаменимым в компании? Как лучше справляться с жалобами клиентов? Как лучше рекламировать продукты компании? Как мотивировать своих сотрудников или коллег постоянно искать новые способы выделиться среди конкурентов? Какие процедуры помогут снизить уровень бюрократии? Как лучше вознаградить сотрудников за хорошую работу? Как стать более ориентированными на клиентов? Можно ли изменить наш имидж? Как победить конкурентов?

Свет, камера, мотор... Кора головного мозга!

Думай утром.
Действуй днем.
Ешь вечером.
Спи ночью.

Уильям Блейк

Как известно, нам удалось остаться на планете в процессе эволюции потому, что мы стали умнее. Это произошло благодаря коре головного мозга. Рост интеллекта означал рост коры и увеличение количества нейронных связей. То есть в процессе эволюции кора головного мозга росла, сделав людей умнее. Даже наша голова стала больше, чтобы вместить новый мозг. Не забывайте: если бы кора не покрылась извилинами, она была бы сегодня размером с детскую пеленку. Представьте, какой была бы голова с таким обширным мозгом: женщинам понадобились бы невероятно широкие бедра, чтобы родить ребенка. И, конечно, женщины с такими бедрами не могли бы спасаться бегством от хищников. Поэтому мудрейший естественный отбор нашел анатомический компромисс: маленькие головы, способные пройти через родовые пути, с большим, свернутым внутрь мозгом. Таков наш мозг сегодня.

В этот же момент эволюции появилось детство. Человеческие детеныши заканчивают свое развитие вне материнской утробы. Новорожденные очень уязвимы перед хищниками и могут сами стать родителями гораздо больше чем через десять лет после появления на свет.

Мы рождаемся с маленькой головой, чтобы она могла пройти родовые пути матери, однако намного раньше, чем нужно для самостоятельного выхода в мир. Наши прапрапрапрадедушки зависели от матерей, по крайней мере некоторое время, а матери зависели от отцов, приносивших еду. Чтобы существовать внутри сложной социальной структуры, необходимы сотрудничество и работа в группе. Благодаря этим социальным структурам мозг продолжал усложняться и расти, развивая эмпатию, разочарование, альтруизм и способности к сотрудничеству. Мозг отличает людей от остальных животных на Земле и дает нам удивительные способности, такие как линейное мышление, развитие сложного языка, умение осмыслять символы и метафоры, разрабатывать и понимать математические стратегии и остроумно и осознанно общаться. Развиваются традиции: понятия, идеи, модели, фольклор и обычаи начинают передаваться от поколения к поколению. Иногда небольшие группы мигрируют, исследуют новые земли и приспосабливаются к новым условиям.

Кроме того, в период младенчества, связанный с огромной уязвимостью, младенцы готовы научиться всему, но мало что могут делать. Появляется не только понятие *«обучение»*, но и понятие *«учитель»*. В наших же интересах как вида обучить малышей как можно лучше, ведь от их подготовки зависит наше выживание. Тем не менее любое обучение пройдет даром, если нас самих, взрослых, съедят леопарды. В этот момент эволюции развивалась последняя часть коры головного мозга — префронтальная кора (расположенная подо лбом). Благодаря ей руки стали более ловкими, и мы научились изготовлять более эффективные острые копья. Кроме того, мы научились **общаться** с другими членами клана и поняли, что для победы над мамонтом или леопардом вовсе необязательно наращивать мышцы: того же результата можно добиться, действуя сообща. Человечество начало завоевывать мир. Правила игры изменились. Мы учимся сотрудничать, то есть ставим общие цели, включающие и наши интересы, и интересы союзников. Для этого мы учимся понимать, что движет другими, какие у них системы поощрения и наказания.

Благодаря префронтальной коре мы превратились в лучших охотников и до сих пор не вымерли. Эта новая область мозга вызывает сегодня большой интерес, поскольку чаще всего используется в повседневной жизни. Речь идет о центральной части мозга, которая позволяет нам «думать» о чем-то и служит центром всех взаимодействий с миром. Эта область потребляет больше всего энергии, так как отвечает за понимание, принятие решений, запоминание, вспоминание, а также за подавление определенных мыслей. Благодаря ей мы можем работать и совершать действия, требующие внимания и осознанности. Представьте, как будто у мозга есть хранилище с горючим, необходимым для выполнения всех его функций (на самом деле, это в основном глюкоза и кислород). Префронтальная кора использует значительную часть запасов этого горючего. Как бы мы ни старались, мысли по своей природе мимолетны. Это биологические ограничения, никак от нас не зависящие. Вероятно, префронтальная кора, будучи новой частью мозга, еще не завершила эволюцию и не претерпела изменений, необходимых для эффективного использования энергии. Нужно понимать: если заниматься деятельностью, для которой нужна работа префронтальной коры, через несколько часов почувствуешь усталость и не сможешь думать с той же ясностью и эффективностью.

Теория разума

Теория разума — это способность приписывать идеи и намерения другим людям, что-то вроде умения «читать» мысли другого и понимать, что с ним происходит или что ему необходимо. Это требует колоссальной работы мозга. По мнению ученых, есть прямая связь между развитием этого умения и нашим интеллектуальным превосходством на планете. Угадывая состояние другого человека, мы считываем вовсе не очевидные сигналы, причем часто автоматически, неосознанно. Из теории разума следует вывод: способность учиться тесно связана с формой общения. **Эффективность обучения зависит от эмоциональной среды, в которой оно происходит.** Многие исследования показывают, что отношения между учителем и учеником очень важны для обучения. Это распространяется и на отношения начальника и подчиненного, отца и сына и т. д.

Разум и логика (кора головного мозга) делают нас людьми и отличают от других животных. Тем не менее мы скорее эмоциональны, чем рациональны. Итак, разум или эмоции? Ни то, ни другое… Мы — результат идеального взаимодействия обоих.

Прошлое, настоящее и неизменное

В своей книге «Мозг как покупатель»* доктор А. Прадип рассказывает четыре очень удачные короткие истории, объясняющие сходство деятельности мозга в быту наших африканских предков сто тысяч лет назад и сегодня. Вот они.

Давайте отправимся в прошлое и понаблюдаем за жизнью сто тысяч лет назад.

Вы просыпаетесь в сухой африканской саванне, в лицо вам светит солнце. Чувствуете голод и холод. Новенькая префронтальная кора велит телу искать то, что больше всего нужно, — пищу. Вы берете копье, тоже совсем новое, и покидаете убежище. Уровень тревоги возрастает, вы

---

* Pradeep A.K. The Buying Brain: Secrets for Selling to the Subconscious Mind. John Wiley & Sons, 2010.

держитесь настороже и улавливаете малейшие звуки. Взгляд сканирует горизонт, нос ищет запахи других животных, воды, растений. Пересохло во рту, и все мышцы напряжены и готовы действовать. Вы быстро дышите, и сердце часто бьется. Два часа спустя глаза, уши и нос оповещают: в кустах что-то движется. Внезапно появляется хвост, и тут вы встречаетесь взглядом с **леопардом**. С невероятной быстротой мозг просчитывает следующий шаг. Леопард быстрее. Убежать? Но у вас смертоносное копье, и вы голодны. Драться? В мгновение ока принимаете решение. Леопард тоже голоден, и он решительно подкрадывается, показывая зубы. Его усы шевелятся, пока он готовится к прыжку. Он принимает решение и бросается. Вы оба — голодные смертоносные хищники, и выживет только один. Сердце колотится, тело потеет, мышцы дрожат, когда вы начинаете двигаться в ожидании решающего момента. Схватка получается короткой, но кровавой. Вы ранены, но вернетесь в убежище с копьем. Леопард корчится в агонии, и ваше тело выделяет эндорфины — «гормоны счастья», которые дают ощущение эйфории. Вы закидываете леопарда за спину и проходите несколько километров до дома, отгоняя ворон и гиен, жаждущих украсть добычу. Племя встречает вас с радостью, они готовят пир и промывают ваши раны. В этот момент включается система подкрепления, и в психике глубоко укореняются чувства гордости и выполненного долга. Однажды они подвигнут вас снова выйти на охоту.

Когда в мозге включается система «поведение — подкрепление», выделяется огромная доза дофамина, который нас побуждает повторить действие. В течение некоторого времени эта система повторяющегося поведения включает систему подкрепления и другие неврологические системы, которые побуждают нас улучшать поведение и совершать какой-либо поступок чаще и лучше.

Устав физически и эмоционально, вы отдаетесь сну, чтобы восстановить силы. Начинается новый день.

Тот же мозг сегодня, в XXI веке.

Вы просыпаетесь утром от звонка будильника на телефоне. Вам тепло и удобно. Вместо того чтобы искать еду, которая обеспечит выживание, вы осматриваете содержимое холодильника на предмет подходящего низкокалорийного завтрака. Поиск пропитания очень редко оказывается главным мотивом деятельности. Но примитивный мозг по-прежнему чувствует потребность охотиться, добывать, поэтому цели дня поднимаются до статуса «жизни или смерти». Вы проверяете электронную почту и замечаете письмо от компании-поставщика. Точно так же, как в африканской саванне, вы чувствуете тревогу, напряжение и беспокойство. Мозг требует утешения. Вы берете мобильный и ноутбук и отправляетесь на работу на машине. За рулем мозг чувствует угрозу. Все машины одновременно гудят, и амигдала — часть мозга, отвечающая за стресс, — мечет искры. Кровяное давление повышается, и сердце бьется чаще. На автостраде соблазняют беспрестанно мелькающие рекламные объявления. По радио передают: биржа упала. Чувство безопасности снова под угрозой. Раздражение нарастает, когда вас пытается обогнать другая машина в неположенном месте. Вы злитесь и не даете ей проехать, совершив маневр, достойный настоящего аса. Приезжаете на работу. На парковке несколько молодых людей, потных и дрожащих, пытаются отнять у вас компьютер, деньги и мобильный. В игру вступает инстинкт самосохранения. Вы кричите и пытаетесь растолкать нападающих. Получив отпор, они злятся. Угрожают забрать не только ноутбук, но и вашу жизнь. Сердце бешено стучит, мышцы напряжены. В этот момент подходят два охранника, и молодые люди убегают. Вы чуть не падаете в обморок от облегчения. Еще несколько часов, или дней, или месяцев мозг будет проигрывать эту сцену. Она будет сниться каждую ночь. Ваш порог страха очень низок, и вы постоянно боитесь за свою безопасность. Но не убегаете — как и сто тысяч лет назад, — а заходите в офис и садитесь за стол. Весь день вы общаетесь с коллегами, пытаясь повлиять на них и получить больше власти.

Уровень кортизола (гормона стресса) в организме увеличивается, и это улучшает внимание и реакцию

Вы в своей тарелке — взаимодействуете с теми, кто разделяет ваши цели, и контролируете тех, кто может повредить. Неустанно следите за всеми. Вы возвращаетесь домой уже ночью, и по пути вас сопровождают мерцающие надписи. Мозг силится понять сообщения, зашифрованные этими огнями. Бóльшая часть из них не важна. Новые или значимые сообщения находят отклик в гиппокампе и будут более надежно сохранены в коре головного мозга. Вы приезжаете домой, включаете один из трех телевизоров с плазменным экраном (или все три) и проводите следующие несколько часов, получая, читая и отправляя сообщения (по телефону, по электронной почте, в интернете, рекламные и т. д.). Вы засыпаете беспокойным сном, важным для закрепления в памяти информации, которая может пригодиться завтра.

Отправимся снова на сто тысяч лет назад, но теперь сравним жизнь женщины той эпохи с современной.

Вы просыпаетесь в поту, с голодным младенцем на руках. Моете его и кормите, после чего идете искать еду для себя. Ваша жизненная сила словно перетекла вместе с грудным молоком в младенца. Вы болезненно худы и очень хотите пить. С младенцем на руках вы отваживаетесь отойти на несколько метров от убежища. Другие женщины, подростки и дети племени идут с вами. Вы подходите к месту, где несколько дней назад нашли вкусные фрукты и корни. Когда дети засыпают, некоторые женщины остаются приглядывать за ними, в то время как другие продолжают собирать фрукты, семена, корни и ловят мелких грызунов и змей. Все держатся вместе и настороже, готовые защитить детей в случае появления хищников. Впрочем, женщины никогда не нападут на опасных и крупных зверей. Благодаря работе префронтальной коры они понимают, что рискованная атака ставит под угрозу здоровье и даже жизнь детей. Женщины еще не знают, но эта осторожность поможет им добиться цели как вида: успешно размножаться.

Женский мозг эволюционирует, укрепляя способность к эмпатии, когда с одного взгляда становятся понятны чувства и нужды другого человека

Группа женщин и детей проводит весь день, собирая еду и поддерживая друг друга. Несмотря на это, если одна из женщин солжет, возможно, это станет эволюционным преимуществом для нее и ее потомства. Женщины ухаживают за больными и учатся понимать других, особенно детей, которые могут общаться только при помощи взгляда и выражения лица. Они могут определить, отчего плачет ребенок: от голода, раздражения, скуки, страха и т. д. В течение всего дня, пока женщины заботятся о детях, их переполняет окситоцин. Под его действием они чувствуют спокойствие и даже сонливость, но в то же время с готовностью выполняют свои обязанности.

Вечером возвращаются мужчины. Один из них принес большую добычу, которая накормит все племя. Женщины поздравляют и вознаграждают успешного охотника (отвага всячески поощряется) и осторожно общаются с теми, кому повезло меньше, опасаясь их раздосадовать еще больше. Они выберут лучшего самца среди удачливых охотников для произведения потомства. За ужином женщины слушают истории охотников (на своем ворчливом языке), а потом устраиваются рядом с мужчинами и убаюкивают детей на руках.

Мозг женщин развивает систему многозадачности благодаря более выраженной, чем у большинства мужчин, связи между правым и левым полушарием. Это дает им возможность легко жонглировать эмоциями, логикой и самыми разными повседневными занятиями

Тот же мозг сто тысяч лет спустя…

Вы выключаете будильник, принимаете душ и быстро одеваетесь. На улице еще темно, так что у вас есть шанс успеть сделать все дела, запланированные на день. Вы собираете ранцы и готовите детям с собой бутерброды. Заглядываете в ежедневник и изучаете их расписание. Затем подписываете разрешение на экскурсию и оставляете записку няне, чтобы она отвела девочку после уроков к зубному, а мальчика — на футбол.

Вы заглядываете в холодильник, составляете список покупок и пишете детям, что они могут поесть, вернувшись из школы. Потом оплачиваете счета в интернете и, наконец, будите детей. Вы их одеваете, кормите и везете в школу. Ваш мозг развил *многозадачность*, как и у прародительниц, которые одновременно следили за детьми, искали пропитание и ухаживали за больными. Вы — сама эффективность.

Дети не хотят вставать, и приходится будить их по нескольку раз. Почистить зубы, причесаться, умыться… Дочь плачет: она не хочет надевать выбранное вами платье, но вы уже в машине. Ваша способность к эмпатии помогает быстро решить проблему. Вы берете ноутбук, мобильный и едете в школу. Внезапно вы вспоминаете, что обещали подвезти других детей, и разворачиваетесь. Вы раздосадованы и опаздываете, другие родители сердятся, что дети не успеют вовремя. На дорогах хаос. Агрессивные водители подрезают и сигналят. Для мозга это ситуация «жизни или смерти». Сердце бьется чаще, вы ощущаете тревогу, кортизол захлестывает нервную систему. Теперь мозг готов справляться с неминуемыми опасностями и возможными атаками. Вбегаете в офис, тяжело дыша, опоздав на собрание. Пока вы представляете свою работу коллегам, часть мозга продолжает думать о детях: «Положила ли я им фрукты?», «Этот насморк — грипп или аллергия?» Погружаетесь в работу, обрабатывая предложения и заказы. *Многозадачный* мозг без усилий обращается к обоим полушариям. Не обедаете, потому что ничего не успеваете. В 14.30 звонит няня, сообщает, что заболела. Мозг взрывается сигналами тревоги. В первую очередь нужно защитить детей. Вы собираете вещи и выбегаете с работы. Мозг предупреждает: это может повредить карьере. Несмотря на это, вы спешите домой, постоянно проверяя время. Дыхание становится быстрым и прерывистым. Каждый красный светофор вгоняет в отчаяние. Давайте-давайте, поехали уже! Вы опаздываете на 15 минут, и дети рассержены и капризны. Оставляете дочку у зубного, отвозите сына на футбол и снова возвращаетесь к врачу. Вы не смогли ни задержаться на тренировке сына хотя бы на минуту, ни посидеть с дочерью у зубного. Тем не менее мозг наслаждается их близостью. Вы возвращаетесь домой, уже семь вечера, и холодильник пуст. Вы встали более 12 часов назад и до сих пор не поиграли с детьми и 15 минут. Вы помогаете им сделать домашние задания, заказываете по телефону пиццу и садитесь за компьютер доделывать работу. После ужина, который длится 20 минут, каждый идет в свою комнату. Так как для женского мозга важны социальные связи, вы чувствуете себя неловко от того, что за весь день не удалось поговорить ни с детьми, ни с мужем, ни с друзьями. В 22 часа укладываете детей спать, проверив домашние задания. С работы возвращается муж, как раз когда вы достаете белье из стиральной машины. Вы немного разговариваете и совсем без сил ложитесь спать около полуночи. Вам снятся в символической форме угрозы и нападения, в то время как мозг старается обработать все происшедшее за день.

По сравнению с нашими предками у женщин сегодня намного больше обязанностей. Их стремлению удерживать близких рядом постоянно угрожает современный стиль жизни в большом городе

Эти истории ясно показывают, что нашим поведением управляют эмоции и инстинкт, будь то сто тысяч лет назад или сегодня, в XXI веке.

В следующей главе мы погрузимся в мир творчества.

Глава 3
Творческий процесс

Не у всех все одинаково

Доверяйте сомнениям, они приведут вас к ясности.

Джоанна Суонджер

Творческий процесс можно разделить на пять главных этапов. Первый — это **подготовка**. Вы погружаетесь, осознанно или нет, в ряд проблем или задач, ставите перед собой цель, которая вас интересует или пробуждает любопытство. Какую проблему я хочу решить? Что меня интересует? Это постановка творческой задачи. Случается, что творческое решение приходит без какой-либо подготовки. Второй этап — это **обдумывание**. Идеи роятся на бессознательном уровне. В это время появляются **необычные** связи: идеи соединяются между собой без прямого контроля. *Что-то должно произойти*. Тут как нельзя лучше подходит совет «Утро вечера мудренее». Отдельные элементы этого процесса осознаются. Вся остальная работа мозга происходит на бессознательном уровне, а потому этап обдумывания считается наиболее таинственным и творческим. Осознанные мысли можно проанализировать при помощи логики и здравого смысла. Напротив, то, что происходит в пустоте, в темных закоулках подсознания, не подчиняется анализу и придает творчеству загадочность. Некоторые говорят о чем-то мистическом, о музе-вдохновительнице. Период обдумывания может длиться годами, а иногда занимает всего несколько часов или минут.

Третий этап — это **озарение**, «Эврика!» Архимеда. В этот момент как будто последний кусочек пазла встает на место. Озарение может произойти когда угодно, но этот момент и эмоции, его сопровождающие, хорошо запоминаются. Обычно он появляется в нашем сознании после длительной работы: как если бы вы держали под водой пробку, а потом отпустили, и она всплыла на поверхность. По моему опыту, важные или творческие озарения случаются, когда вы готовы, когда разум открыт, как у людей, которые долго думали и много работали над проблемой, задачей или дисциплиной. Но иногда нестандартные идеи находятся, даже если никто над ними не бился и проблема неизвестна. Просто кто-то одновременно распознает и проблему, и ее решение. Далее мы увидим, что происходит с мозгом непосредственно перед озарением и во время него.

Четвертый этап — это **оценка**. Мы должны решить, насколько ценна такая идея и стоит ли ее реализовать. Это очень напряженный момент: нужно тщательно все обдумать и понять, воплощать ли задумку в жизнь. Часто мы чувствуем неуверенность и сомнения, так как речь идет о чем-то неизведанном. На этом этапе появляется критика, собственная и чужая. Критика людей, которые работают вместе с нами, у которых свои принципы и предрассудки… Точно так же художник, рисующий картину, делает шаг назад, чтобы посмотреть, что получается, писатель перечитывает написанное, а ученые проверяют расчеты и формулы. Большинство проектов ни к чему не приводят, но, если они адекватны и действительно имеют смысл, начинается процесс **разработки** — последний и самый длинный этап. На него затрачивается больше всего времени и усилий. Эдисон говорил: «99% пота и 1% вдохновения». Нужно закатать рукава, реализовать идею и, часто, выйти из зоны комфорта, приложить усилия, что-то изменить, на что-то решиться, убедить остальных. То есть, если вас осенило, появилось достойное решение проблемы, это только начало: любую идею необходимо отшлифовать. **Эскизы правого полушария нужно превратить в законченную картину.** Эта работа не очень интересна, но необходима.

Этапы творческого процесса не стоит воспринимать буквально. Многие творят на работе или в повседневной жизни, минуя какие-либо этапы. Путь решения творческой задачи, как правило, извилистый, а не прямой, с массой ответвлений к более мелким вопросам. Эти аспекты проблемы также требуют обдумывания и озарений. Многое зависит от важности и срочности задачи.

Пять этапов творческого процесса — это очень упрощенная схема, которая иногда может запутать. В то же время это довольно действенная и простая форма организации столь сложного явления. Не нужно возводить эти этапы в ранг абсолюта: по большей части они частично или полностью совпадают. Не думайте слишком много и объединяйте несколько этапов.

ТЕХНИКА: ЗАБАВНЫЕ ВОПРОСЫ

Если бы проблема была живым существом, кем бы она была? Нарисуйте живое существо, олицетворяющее проблему. Подумайте, какое у нее прошлое и какие могут быть будущие реинкарнации. Вообразите, что вы съели проблему. Какой у нее вкус? Есть ли в проблеме что-то красивое? Есть ли в ней что-то интересное? Вы можете себе представить личную жизнь проблемы? Какие у нее взгляды на политику? К какой религии она принадлежит? Что бы ей нравилось? Когда родилась эта проблема? У нее есть братья или сестры? А друзья? Есть ли у нее страхи? Представьте: вы психотерапевт проблемы. Как думаете, в чем бы она призналась?

Как приходят в голову идеи?

Творчество питается идеями, которые должны откуда-то появляться. Они, в свою очередь, рождаются в мозге. Одна из наиболее интересных работ, объясняющая появление идей, — это «Когнитивная нейронаука и изучение памяти»* Эрика Канделя. В 2000 году он получил Нобелевскую премию по физиологии и медицине за это исследование. Доктор Кандель и его коллеги предлагают новую модель мозга, так называемую умную память. С момента появления этой модели большинство нейробиологов отбросили теорию доктора Роджера Сперри о двух полушариях мозга — правом и левом. Согласно теории Канделя анализ и интуиция функционируют одновременно во всех моделях мышления. Нет левого мозга и правого мозга — только обучение и воспоминания в различных комбинациях в едином мозге.

Не буду утомлять вас научными сложностями. Теория говорит примерно следующее: с момента рождения всё, абсолютно всё, что случается в жизни, регистрируется в той или иной части мозга. Это и есть **умная память.** Не только опыт, но и все, чему мы учимся: что мы читаем, что видим,

---

* *Кандель Э.* В поисках памяти. М.: Астрель: Corpus, 2011.

что нам рассказывают. Чтобы лучше понять эту теорию, представьте: в мозге множество ящиков. Каждый случай из жизни хранится в одном из этих ящиков умной памяти. Следовательно, мозг работает как архиватор.

Больше всего энергии мозг тратит на мысли о чем-то новом. Поэтому нам так сложно что-то изобрести

Ящики открываются и закрываются, и воспоминания соединяются случайным образом. И чем более мы расслаблены, тем чаще они открываются и закрываются и тем больше воспоминаний перемешивается. Когда это происходит, в определенный момент дня или ночи у нас появляется больше идей, чем в другое время. Для каждого это индивидуально: для кого-то — в ду́ше, для других — во время пробежки, занятий спортом, за рулем автомобиля, в метро или автобусе, во время игр или раскачивания дочки на качелях в парке. Это моменты **ясности ума**.

Когда мозг расслаблен, в нем появляется больше мыслей. Они могут быть обычными, знакомыми или не важными, но иногда в их ряды просачиваются идеи, которые мы называем творческими. Чем больше идей, тем больше шансов, что одна из них будет нестандартной. Иначе говоря, идеи — это случайная комбинация понятий, переживаний, примеров, мыслей и историй, которые разложены по ящикам умной памяти. Мы не придумываем ничего нового. Новизна в том, как мы комбинируем известное. Внезапно эти комбинации понятий сталкиваются, и мы «видим» идею. Нас осенило. Чем выше уровень ясности ума, тем больше возможностей для открытий. Чем меньше постороннего шума в голове, чем спокойнее мы становимся, наслаждаясь любимым делом, и тем больше озарений появляется.

Бетховен экспериментировал с 70 разными вариантами одной и той же музыкальной фразы, прежде чем остановиться на одном из них. «Я многое изменяю, откидываю и снова пробую, пока не остаюсь совершенно удовлетворенным», — говорил он другу. Нет ничего необычного в том, чтобы постоянно совершенствовать свои идеи, пока вы не найдете то, что лучше всего звучит

Это прекрасно понимают инновационные компании. Они размещают своих сотрудников в светлых, просторных, приятных помещениях, где те могут представлять будущее. В спокойной обстановке, когда не требуется гасить пожар повседневности, творческие люди становятся более изобретательными. А как мы уже знаем, по статистике, чем больше идей, тем больше шансов, что одна из них будет необычной. Если компания щедра к сотрудникам, они ответят ей тем же. В сборной Аргентины Лионель Месси — тот же человек с тем же мозгом, что и в «Барселоне». Но в «Барселоне» он более производителен: за матч он может провести 10–15 атак, из которых две-три завершатся голом. В то же время в сборной ему удается провести две-три атаки за игру, следовательно, меньше шансов, что они будут нестандартными и приведут к голу. Уровень его игры и то, как он использует свои навыки и творческий потенциал, очень сильно зависят от обстановки, атмосферы на тренировках, команды и самочувствия. Творчество — это не какая-то волшебная лампочка, которую можно включить в любом месте, оно тесно связано с окружающей средой. **Для творчества необходима стимулирующая обстановка.**

ТЕХНИКА АБСТРАКТНОГО РИСУНКА

Нарисуйте любые абстрактные фигуры, какие угодно. Не думайте долго, используйте свою интуицию.

Из нарисованных фигур интуитивно выберите ту, которая вам больше нравится, выделяется из общего ряда. Обратите внимание на ее главные свойства и признаки. Например, она может быть нарисована плавными, прерывистыми, толстыми линиями, может быть странной, круглой, угловатой и т. д.

Используйте эти свойства и признаки, чтобы нарисовать другую фигуру. Подумайте, на что похожа эта вторая фигура (на облако, на кота, на йогурт, на солдата, на флажок и т. д.).

Примените получившиеся предметы к своей творческой задаче.

У всех днем или ночью происходят озарения. Многие идеи, появившиеся в результате комбинации понятий, этого открытия и закрытия ящиков, забываются сразу или по прошествии некоторого времени, поэтому желательно их тут же записать. Никогда не стоит недооценивать потенциал идеи, которая появилась «из ниоткуда» в неподходящий момент. Запишите ее. Перечитывайте свои записи. Вычеркивайте ненужные, чтобы они не засоряли визуальное поле.

Вспомните свои десять последних удачных идей. Где они вас посетили? Запишите их. Записывайте всё.

Фабрика идей

Идеи как кролики. Вы берете пару и учитесь с ними обращаться. Довольно скоро их у вас будет уже дюжина.

Джон Стейнбек

Лучший способ найти хорошие идеи — найти много идей и выкинуть плохие.

Лайнус Полинг

Мы уже упоминали продуктивное мышление, когда нам в голову приходят новые мысли, в противоположность мышлению репродуктивному, когда воспроизводится уже известное. Продуктивное мышление способствует творчеству. Но как порождать множество идей, как проводит массу атак Месси, надеясь, что одна из них завершится голом?

Когда Эдисон усовершенствовал лампочку и создал батарею, один из помощников спросил, как он ухитрился продолжать работать над этими изобретениями после тысяч неудачных попыток. Эдисон ответил, что не понимает вопроса, так как для него эти попытки не были неудачными. Он узнал способы, которые не работают. Пикассо создал около 50 тысяч произведений, включая картины и рисунки. Не все работы из этого огромного количества известны. Но художник знал: он должен много писать, чтобы создать что-то новое. Следует производить много идей, а не стараться придумать одну хорошую или необычную. Для этого необходимо думать свободно, не критикуя самого себя, не оценивая, не осуждая. Сначала нужно расслабиться, освободить мысли и начать думать. Нет ничего более вредного для творчества, чем критика или осуждение. Нам сложно этого избежать. Образование и окружение учат нас критическому мышлению, и мы постоянно выносим суждения. Сразу же оцениваем свои новые идеи и мысли, подчиняясь инстинкту, будто ведем машину, держа одну ногу на педали газа, а другую — тормоза. В результате, производя большое количество идей, например во время *мозгового штурма*, мы затем тратим много времени (иногда чересчур много) на придумывание причин, по которым эта идея не сработает или не может быть воплощена.

Если есть способ сделать дело лучше — найдите его.

Томас Эдисон

На самом деле надо стараться отрабатывать все возможные идеи. Как только вы или окружающие начинаете оценивать идею, творческое мышление парализуется. В таком случае то немногое, что появилось, соскользнет к знакомым, проверенным и консервативным моделям мышления. Думать, не оценивая, — это динамичный и свободный процесс. Идеи при обсуждении сталкиваются, создавая новые комбинации и ассоциации и творческие возможности бесконечно возрастают.

ТЕХНИКА SCAMPER

SCAMPER — это техника мозгового штурма для новичков или для людей, не умеющих последовательно анализировать. Она состоит из серии направляющих вопросов, которые относятся к действиям замещения (*Substitute*), сочетания (*Combine*), адаптации (*Adapt*), изменения (*Modify*), применения в других условиях (*Put to Other Use*), удаления (*Eliminate*) и переворота (*Reverse*).

Например, моя задача — улучшить производительность команды.

Начинаем с замещения: можно поменять вещи, места и процедуры. Что мне делать? Заместить сотрудников? Уволить кого-то? Нанять других? Сменить работу? Поменять процесс работы над проектом? Назначить другого лидера? Найти другой офис или место для собраний?

Далее — сочетания. Можно сочетать темы, понятия и идеи. Совместить должности сотрудников? Что, если я отправлю хороших продавцов в офис, а плохих — в магазины? Может, стоит привнести в работу какие-то развлекательные элементы?

Адаптация — адаптировать идеи в новом контексте. И так далее.

В результате вы ответите на все эти гипотетические вопросы, и многие ответы послужат идеями. Их можно будет оценить и использовать в решении своей творческой задачи.

Другое препятствие на пути творчества: когда тебе приходит в голову хорошая идея, она может тебе помешать придумать лучшую. Поэтому нужно производить идеи, не задумываясь о том, плохие они или хорошие, можно ли воплотить их в жизнь, решат ли они проблему. Дайте себе время думать без цензуры. Для этого я всегда советую поставить себе цель по времени и количеству идей. Тем самым вы направляете творческую энергию в нужное русло. Инновационные компании чаще всего устанавливают норму 100 идей в час. Давайте попробуем и мы.

Придумайте и запишите 100 вариантов применения кирпича. Вы увидите, что первые 10–20 будут стандартными, привычными, известными: сложить стену, подняться повыше, построить гриль, поддерживать книжные полки и т. д. Следующие 30–50 идей будут уже оригинальнее. По мере приближения к сотне мозг начнет делать дополнительные усилия и произведет более творческие и нестандартные *альтернативы*. Чтобы этот процесс был наиболее эффективным, нужно обуздать внутреннего критика и начать записывать все идеи, в том числе самые очевидные и плохие. Первая треть, скорее всего, будет включать в себя старые, одинаковые идеи, во второй трети появятся более интересные, а в последней — наверняка откроются заслуживающие внимания, неожиданные и непростые изобретения. Если бы мы не поставили себе целью произвести такое большое количество идей, эти последние тридцать не увидели бы свет.

СЕМЬ ЗАПОВЕДЕЙ ПРИ СОЗДАНИИ ИДЕЙ

Не оценивайте: позвольте мыслям свободно парить, проявите гибкость.

Не комментируйте: любой негативный комментарий или критика испортит настроение и повлияет на творческий процесс.

Не редактируйте: не позволяйте внутреннему редактору влиять на процесс. Редактура — это работа левого полушария мозга, а оно не участвует в рождении идей.

Не исполняйте: вам приходит в голову идея, и тут же другая часть мозга отвлекается, думая, как можно ее воплотить. Это неправильно!

Не беспокойтесь: как мы увидим далее, страх мешает творчеству.

Не оглядывайтесь: не говорите себе: «Я уже это пробовал два года назад, и ничего не вышло».

Не теряйте мотивацию: очень легко утратить запал и интерес к тому, чем вы давно занимаетесь. Избегайте этого.

Творческое мышление сильно зависит от этого постоянного процесса выработки идей, когда мы отбрасываем привычные, стандартные и известные идеи и развиваем незаурядные.

Один из наиболее эффективных способов придумать большое количество идей в течение недели — это классифицировать их и записывать в блокнот или телефон по мере возникновения. Как мы уже знаем, они появляются и уходят внезапно. Даже если у вас получается отвести время на производство идей, мозг работает 24 часа в сутки, и озарение может случиться в любое время, особенно в моменты ясности ума. Можно создать свою библиотеку идей. Кроме того, когда вы фиксируете и разбиваете мысли на категории, процесс мышления ускоряется, а внимание обостряется. Это очень простой, но действенный метод. Удивительно, но так можно использовать себе во благо тягу к письму, запечатлевая мысли и делая мыслительный процесс более свободным и гибким. Чем больше мы пишем, тем быстрее думаем и тем пластичнее становится мышление.

ГИБКОСТЬ МЫШЛЕНИЯ

Для того чтобы мышление стало более свободным (количество) и более гибким (изобретательность), составляйте списки.

Составление списков — необыкновенно действенный способ увеличить свободное течение мыслей.

Например, за несколько минут составьте список всех возможных применений велосипеда. Вероятно, вам на ум придет множество идей, но также вы подвергнете некоторые из них цензуре и запишете только самые очевидные. Чтобы покончить с этой цензурой, придется проявить гибкость. Позвольте себе записывать и другие идеи.

Гибкость мышления означает способность выйти за рамки заурядности и традиций, импровизировать.

УПРАЖНЕНИЕ ДЛЯ РАЗВИТИЯ ГИБКОГО МЫШЛЕНИЯ

Напишите предложение из четырех слов («хочу съесть много конфет»).

Далее придумайте еще несколько из четырех слов так, чтобы каждое слово начиналась с той же буквы, что и слова в исходном предложении.

Например, если первые буквы слов «х», «с», «м» и «к»: «хромой старик медленно ковыляет» или «хороший стальной морской компас».

Тупики и озарения

Озарение — это как найти иголку в стогу сена. В мозге возможны квинтиллионы соединений, а мы должны отыскать одно-единственное.

Марк Биман

Представьте: ваш творческий потенциал — это лесной пожар. Неистовое, всепоглощающее пламя, растущее и охватывающее пространство с взрывной мощью. Леса не загораются магическим образом от ничего. Пожар начинается с искры, как и творчество. Одна из главных помех творчеству — чувство, что необходимо придумать и описать в мельчайших деталях решение, прежде чем начать работать над задачей. Все мои творческие проекты родились от небольшой, но идеальной искры вдохновения. Все творческие задачи перерождаются и меняют направление на пути к финалу.

Творческий блок известен в нейронауке как тупик. Это ситуация, когда разум работает на сознательном уровне и оказывается в тупике. Это камень посередине дороги, который не убрать силой воли. Это связь, которую вы хотите провести, но не можете: как пытаться вспомнить имя старого приятеля, придумать имя новорожденному ребенку или просто не знать, что написать о проекте. Мы все иногда наталкиваемся на эти блоки. Когда нужно проявить творческие способности, очень важно преодолеть или избежать их.

Более 50% работающих людей выполняют задания, так или иначе связанные с творчеством. Описать, придумать, спроектировать, нарисовать, раскрасить, переработать и т. д. Создать или передать информацию по-новому. Все новое привлекает наше внимание, а в мире бизнеса это обычно дает прибыль. В этом смысле творческий процесс — крупный двигатель в создании ценностей. Хотя бóльшую часть дня вы выполняете рутинные задания, которые не требуют творческих способностей, часто на пути встают и незнакомые препятствия. Для них не существует отработанных решений, очевидных объяснений или полезных воспоминаний в мозге, поэтому они требуют новых идей.

Для того чтобы преодолеть блок и позволить прийти вдохновению, нет ничего лучше, чем заглушить активность префронтальной коры головного мозга, отвечающей за осознанные мысли. Блок может возникнуть именно из-за «шума» коры. Благодаря технологиям мы можем зафиксировать процессы мозга во время решения человеком самых разных задач. Доктор Марк Биман из Северо-Западного университета открыл, что в 40% случаев мы решаем проблемы логически, пробуя идеи одну за другой, пока какая-нибудь не подойдет. Остальные 60% приходятся на озарения. Они характеризуются отсутствием какого-либо осознанного продвижения в поиске решения, которое появляется внезапно. Как мы уже выяснили, рассматривая творческий процесс, озарения «поднимаются» из подсознания и возникают в самых странных, необычных местах и в неподходящее время, зачастую когда мозг не занят решением проблемы.

Столкнувшись с новой проблемой, мы чаще всего применяем к ней стратегии, эффективные в прошлом. Это хорошо работает, когда новая проблема похожа на старую и творческие решения не нужны. Но в большинстве случаев неверно пытаться решить новые проблемы старыми способами: это мешает поиску лучших вариантов и ведет в тупик. Нередко мы оказываемся в тупике из-за того, что на пути у правильных решений стоят ошибочные. Выйти оттуда — все равно что изменить направление движения на узкой улице: придется остановиться, чтобы пропустить автомобили, едущие в противоположную сторону. Когда вы отдыхаете от проблемы, активные и осознанные формы мышления затихают, и вы даете слово подсознанию. По этой причине решение вашей проблемы нередко находят другие люди: они не застряли в вашем способе мышления и могут взглянуть на вопрос под другим углом. Оказавшись в тупике, нужно сделать обратное тому, что подсказывает интуиция, — **не пытаться усиливать концентрацию** на проблеме в течение долгого времени. Надо заняться чем-то совсем другим, чем-то интересным, развлекательным. Это лучший способ вызвать вдохновение. Кроме того, чем больше вы думаете о проблеме, тем тревожнее становитесь.

Биман обратил внимание на то, что у людей, испытывающих инсайты, повышенная активность в переднем отделе правой височной доли мозга. Эта область прямо под правым ухом относится к правому полушарию. Она отвечает за целостное мышление и собирает данные с самых дальних участков мозга. И я представляю себе дальние ящики, которые открываются и закрываются, выплескивая идеи, а эти идеи соединяются в новые понятия в переднем отделе правой височной доли. За полторы секунды до озарения мозг находится в покое. Затем следует внезапный и длительный рост активности альфа-волн в правой затылочной доле — области, которая обрабатывает визуальную информацию. Эта внезапная активность альфа-волн спадает точно в момент озарения. Похоже, так мозг отключает любую деятельность, связанную с визуальной функцией, уменьшает уровень визуального шума. «Замолчи, я думаю».

Со всеми случалось: вы разговариваете с кем-то, и вдруг его взгляд начинает блуждать, а сам человек выглядит рассеянным. Тем самым мозг отключает множество визуальных данных, чтобы сконцентрироваться на еле заметных сигналах. По-видимому, без этого отключения не будет и озарения.

ТЕХНИКА ОДИНОЧНОГО МОЗГОВОГО ШТУРМА

Возьмите карточки и на каждой напишите по одной идее.

Откладывайте карточки в сторону по мере готовности.

Записывайте идеи, как только они приходят в голову, не важно, хорошие, плохие, странные, экзотичные или все сразу. Не важно, логичны ли они и имеют ли ценность.

Главное — придумать как можно больше идей, не оценивая их, пока вы не запишете все возможные варианты.

Потом возьмите все карточки и займитесь их сортировкой и оценкой.

Каким образом?

Комбинируйте, свободно сочетайте записанные идеи, чтобы создать новые. Представляйте, как та или иная идея может сработать, и меняйте ее. Попробуйте развернуть идею, посмотреть, может ли сработать ровно противоположная. Постарайтесь выстроить их, заменить на похожие, рассмотреть каждую с разных точек зрения, нарисовать или сделать диаграмму идеи, придумать каждой по метафоре, найти общее между двумя и более идеями. Представьте себе возможную критику и попытайтесь исправить идею в соответствии с этой критикой. И не забудьте поспать, дав мозгу поработать в одиночку.

В момент озарения в мозге появляются гамма-волны. Это происходит за 30 миллисекунд до того, как решение всплывет в сознании. Эти волны — самые быстрые волны мозга. Их создает группа нейронов, «загорающихся» одновременно. Активность гамма-волн означает, что разные области мозга устанавливают между собой связь. По аналогии с теорией Канделя, представьте себе ящики, которые открываются и закрываются в разных точках мозга. Так сочетаются идеи, на первый взгляд не имеющие ничего общего, и в результате происходит озарение. У людей в глубокой медитации наблюдается огромная частота гамма-волн, у труднообучаемых их активность низкая, а у человека, находящегося без сознания или в коме, они совсем отсутствуют. Озарение сопровождается сильнейшим взрывом энергии, это заметно по лицам людей, их голосу и языку тела. Такой человек чувствует себя хорошо, он почти в эйфории. В этот недолгий пик активности человек наиболее мотивирован и не боится пойти на определенные риски. Как только нейрохимический коктейль заканчивается, мотивация быстро падает. Поэтому после озарения нужно как можно быстрее начать действовать.

ОТПУСТИ

Обезьяна видит сосуд с орехами, сует руку и берет несколько. Но горлышко сосуда такое узкое, что она не может вынуть руку с орехами. Обезьяна не хочет отпускать орехи и оказывается в ловушке.

Мы, люди, тоже оказываемся в ловушке с тем, что не хотим отпускать: мнениями, переживаниями, суевериями и страхами.

УПРАЖНЕНИЕ НА СЛУЧАЙ МЫСЛЕННОГО БЛОКА

Представьте, что препятствие обрело физическую форму в одном из надетых на вас предметов: шапке, кольце, платке, свитере или ботинке.

Снимите этот предмет, и вы почувствуете себя свободнее и спокойнее.

Между эмоциональным состоянием и озарениями очень тесная связь. **Счастье** увеличивает возможность их появления, а тревога уменьшает. Когда мы нервничаем, мозговая активность возрастает, что затрудняет распознавание малозаметных сигналов, а именно такие сигналы предшествуют озарению, когда мозг успокаивается.

Исследования показывают, что **люди, у которых чаще всего происходят озарения, лучше осознают свои внутренние процессы.** Они способны наблюдать за собственными мыслями и в результате поменять свою форму мышления. Такие люди лучше контролируют свой разум и благодаря этому могут успокоить его. **Любая техника или дисциплина, позволяющая узнать себя и развить свой эмоциональный интеллект, сделает нас более творческими.** И вовсе необязательно уделять больше внимания проблеме, усиленнее сосредоточиваться или быть гением.

Легко оказаться в ловушке, казалось бы, неразрешимой проблемы, то есть в тупике. Для того чтобы найти выход, стоит поставить мозг на паузу, уменьшить его активность, чтобы предотвратить неправильные ответы. Нужно прислушиваться к слабым сигналам и позволить мозгу, который находится в покое, то есть обладает минимальной электрической активностью, создавать внутренние связи. Поэтому озарения обычно случаются, когда вы расслаблены или довольны. По возможности всегда старайтесь снять напряжение, отодвинуть дедлайн, заняться чем-то интересным, снизить уровень тревоги, сделать перерыв и отдохнуть. Притормозите деятельность мозга и посмотрите, не появятся ли неявные связи. А в случае озарения сконцентрируйтесь на нем как можно быстрее, пока не пропала энергия.

ТЕХНИКА СЛУЧАЙНОГО СЛОВА

Выберите одно случайное слово (есть сайты, генерирующие случайные слова).

Нарисуйте свое видение этого слова. Тем самым вы начинаете использовать правое полушарие мозга.

Запишите рядом с рисунком все признаки этого понятия.

Потом перечислите все ассоциации, которые вызывает это слово.

Примените эти свойства и ассоциации к творческой задаче.

Например, так.

Моя творческая задача: придумать новую зубную щетку.

Мое случайное слово: собака.

Характерные признаки собаки: лохматость, черный нос, четыре лапы, виляние хвостом, закапывание костей.

Ассоциации с собакой: ласка, верность, храбрость, помощь.

Связь признаков и ассоциаций с творческой задачей: может быть, предложить щетку, которая также будет делать массаж лица (виляние хвостом, ласка)?

Расслабимся

Вы усвоили много информации и, скорее всего, читали на протяжении долгого времени. Предлагаю отложить ненадолго книгу и расслабиться. Ваш мозг активно работал и заслуживает небольшой отдых. Сделайте несколько глубоких вдохов и посидите или прилягте на пять минут. Позвольте мыслям свободно парить. Если вам так удобнее, закройте глаза.

Что произошло, когда вы это сделали? Наверняка вы глубоко дышали, а как повел себя мозг? Появились мысли? Уверен, что да. Они были интересные или полезные? Если нет, не беспокойтесь. Озарение приходит тогда, когда его не ждешь.

Некоторые исследователи говорят в таких случаях о **расфокусированном** внимании. Чем ниже общая активность нейронной сети, тем больше отдельных нейронов могут активироваться. Если мы немного расслабимся, или, иными словами, закинем более широкую сеть, то поймаем больше рыбы — идей. Вместо того чтобы охватить небольшую область, мы раскидываем сети как можно шире.

Чтобы расслабиться, необязательно неподвижно сидеть в тишине с закрытыми глазами. Многие люди расслаблены, когда ведут машину, развлекаются, говорят о чем-то, не связанном с проблемой, когда ходят, бегают, моют посуду и т. д. Часто это происходит на природе или когда вы рисуете, лежите на пляже, читаете. Некоторые просто медитируют. Мы уже знаем, что в моменты ясности ума появляется больше идей, чем обычно. Расслабленность способствует творческому мышлению как минимум по двум причинам. С одной стороны, она напрямую стимулирует творческий процесс, а с другой — помогает косвенно, снижая уровень стресса, который всегда выступает препятствием.

В мозге больше всего распространены бета-волны, традиционно связанные с этапом бодрствования, когда мы не спим и находимся в сознании. При расслаблении наиболее специализированные области мозга снижают активность. Когда это происходит, начинают преобладать альфа-волны. Мы теряем концентрацию, отвлекаемся и фантазируем. Зачастую это происходит перед сном, когда мы представляем себе что-то нелепое или странное, отправляемся в мысленные странствия и предаемся игре воображения.

Когда специализированные области не очень активны, мозг как целостная система становится более деятельным. То есть, снижая интенсивность работы отдельных нейронных сетей, мы повышаем общую активность мозга. Если приглушить духовые в оркестре, станет лучше слышно другие инструменты. В расслабленном состоянии начинается активация нейронов во всех частях мозга. При этом преобладают гамма-волны, которые, как мы уже видели, напрямую связаны с озарениями.

Когда оркестр разогревается перед концертом, все инструменты начинают играть разные мелодии одновременно, производя какофонию. Это гамма-волны. Таким хаотичным способом они демонстрируют высокую активность мозга. Тем не менее гамма-волны могут также действовать синхронно, как очень энергичный симфонический оркестр. Тогда процессы мышления достигают своего пика. Отдаленные нейронные сети начинают общаться и сотрудничать. Мозг перерабатывает сложную информацию, чтобы распознавать и решать проблемы. У буддистских монахов в состоянии медитации наблюдается высокий уровень синхронизации гамма-волн в ассоциативных зонах коры головного мозга. Эти зоны не специализированы, то есть входят в состав других зон мозга. В состоянии полной расслабленности специализированные области затихают, а ассоциативные зоны, напротив, усиливают работу.

Чем мы спокойнее, тем больше не связанных ранее областей мозга начинают взаимодействовать и способствовать появлению озарений. Поэтому расслабление напрямую влияет на творчество. Это те самые ящики, которые открываются и закрываются в разных уголках мозга, позволяя воспоминаниям свободно и по-новому перемешиваться, порождая нестандартные идеи.

По сути при стрессе активируются механизмы выживания. В этом состоянии мы настроены на то, чтобы быстро оценить ситуацию или дать мгновенный ответ. Но для поиска новых идей надо успокоиться и стать более гибкими. Далее мы увидим, что эмоции, как и стресс, сильно зависят от крошечного участка мозга — амигдалы (миндалины). Впрочем, через нее проходит только 5% всех сенсорных стимулов. Поэтому часто мозг выстраивает эмоциональную реакцию на основе ограниченного количества информации. Если мы будем слишком быстро реагировать на эмоции и на соответствующие мысли, то выдадим негибкую или преувеличенную эмоциональную реакцию. Мы сгущаем краски, становимся нетерпимыми, наше восприятие сужается. Или убегаем, или деремся. Поэтому лучше успокоиться, заглушить первую эмоциональную реакцию, вместо того чтобы усиливать ее. Лучший способ производить интересные идеи — расслабиться.

Далее мы рассмотрим, как под воздействием стресса тело выделяет гормон кортизол, который разрушает нейронные клетки гиппокампа. Эта область играет важную роль в процессе запоминания и важна для приобретения новых знаний и желания обучаться чему-то новому.

Итак, прогулки в тишине, медитация, молитва или любые другие расслабляющие занятия не только помогают снизить уровень стресса и уменьшить эмоциональные реакции, но и стимулируют синхронизацию и активность неспециализированных областей мозга. Это создает больше возможностей для производства новых творческих идей или для озарений, всплывающих из глубин подсознания.

НА СВОЕЙ ВОЛНЕ

Днем не видно звезд, потому что их свет перекрывается светом солнца. Точно так же многие идеи не обнаруживаются, так как они похожи на маленькие огоньки, затмеваемые деятельностью мозга.

Эта активность производится бета-волнами. Они очень громкие, будто кто-то хрустит чипсами. Альфа-волны более глубокие, более медленные и не такие громкие, как бета-волны. Именно они сопровождают моменты озарения.

Альфа-волны успокаивают мозг, и вы можете «увидеть» решения, которые уже появились.

Четыре способа повысить активность альфа-волн:

1. Спокойная обстановка. Это может быть и комната, и какое-то место на улице.
2. Использование специальных техник. Есть множество методик расслабления, если вы уже практикуете одну из них, отлично. Главное — выбрать технику и регулярно ее применять.
3. Пассивное отношение. Освободите свой мозг. Когда приходят мысли, отпускайте их. Не задерживайтесь на чем-то, не думайте слишком много.
4. Удобное положение — любая поза, которая позволяет держать спину прямо по крайней мере 15 минут и не заснуть.

Все возможно

Человек, который говорит, что это невозможно сделать, не должен мешать тому, кто это уже делает.

Китайская пословица

Часто мы думаем, что не можем измениться. Для решения проблем в основном ищем знакомые пути или способы, которые срабатывали в похожих обстоятельствах. Наше мышление репродуктивно. Когда в силу особых обстоятельств необходимо отреагировать по-другому, возникают сложности. Со всеми такое случается, мы попадаем в тупик и не находим нового решения проблемы или не можем придумать что-то необычное, как-то изменить свою жизнь. Так, писатели в начале работы над романом проводят целые дни, не написав ни строчки. Но в то же время вокруг много людей, которые замечают альтернативы и возможности изменить жизнь к лучшему. Психиатр из Гарвардского университета Альберт Ротенберг считает, что единственное общее свойство, присущее всем творческим людям, — это **желание такими быть**. Творческий процесс устроен сложно. Из наблюдений за творческими людьми ясно, что без **желания** участвовать, без мотивации, без стремления думать по-другому, быть изобретательным этот процесс даже не начнется. Если у вас нет желания, не стоит пытаться, — без него невозможно изменить способ мышления. Многие считают самым надежным и ценным интеллектуальным орудием разум. Он предоставляет нам механизм, уменьшающий, как мы полагаем, вероятность ошибок и увеличивающий качество наших решений. Эту же способность разума мы используем, чтобы оценивать идеи и отличать хорошие от плохих.

Следуя его голосу, мы более уверены в себе. Эту доминантную форму мышления даже называют здравым смыслом, придавая ей универсальность. Как ни парадоксально, здравый смысл не всегда рационален. Когда мы вдруг говорим: «Его поступок не имеет смысла», мы не становимся более рассудительными, чем этот человек, только потому, что не понимаем его. Значит, в нашем мышлении преобладает не разум, а распознавание моделей (см. главу 1). Мы обрабатываем новую информацию, вкладывая в нее значение, основанное на известных ситуациях или смыслах. К тому же мы часто торопимся с принятием решений или делаем оценочные суждения, скорее автоматически одобряя или осуждая, чем анализируя ситуацию.

Напомню: доминирующие модели мышления помогают быстрее реагировать на изменения окружающей среды, но в то же время тенденция закреплять все повторяющиеся предположения ограничивает взгляд на мир, доступ к новым идеям и оригинальным решениям. Мы все рабы привычки, и нам часто не хватает желания или сознательности отказаться от шаблонного мышления. Люди производят 65 тысяч мыслей в день, и 95% из них похожи на те, что были вчера, и те, что будут завтра. Если задуматься, нам бывает сложно попробовать новое блюдо или йогурт с непривычным вкусом. А теперь представьте, насколько тяжело изменить культуру компании или давно отлаженный процесс. Мы более уверенны, когда контролируем ситуацию. Контроль необходим, когда вы ведете машину или укрываете детей от холода, однако он влечет ненужные переживания, например при попытке контролировать других людей или их образ мыслей. Мы сердимся, когда опаздываем на собеседование или на работу из-за того, что не можем регулировать дорожное движение, как музыку в плеере. Чувствуем себя неполноценными без новой машины, без новейших технологий, без нового дома, без любимого человека рядом или без модной одежды. Даже испытываем стресс от нехватки этих вещей. Мы начинаем нервничать, когда думаем, что можем потерять собственность или когда приобретение не приносит удовлетворения. Тогда снова появляется желание купить что-нибудь другое или еще один вариант уже имеющегося. К сожалению, мы считаем эти два решения — контроль и удовлетворение материальных потребностей — универсальными. И это всего два из огромного количества решений, которые мы принимаем автоматически! То есть мы сталкиваемся с проблемами не потому, что у нас нет альтернатив, а потому, что мы всегда думаем одним и тем же привычным способом. В жизни мы чаще всего руководствуемся своим обычным поведением и моделями восприятия. У каждого свое представление о том, как обстоят дела и как должны. Говоря, что какая-то идея имеет смысл, мы не проводим объективный анализ. Лишь утверждаем: эта идея не противоречит нашим привычкам. Наверняка вы не раз оказывались на рабочем собрании, каждый из участников которого считал, что именно он обладает правильными аргументами или взглядом на причины этого собрания. Но когда смотришь на мир через разные призмы, открываются совсем другие возможности. Когда братья Райт решили, что летать могут не только птицы, они заложили основу для создания первого самолета. Новые перспективы открывают возможности, которые не представляют для нас ценности, так как не связаны или не сочетаются с нашим опытом. Иногда, если дать шанс бесполезным на первый взгляд идеям, они вдруг обретают смысл, как будто старые истории эволюционировали в другую ситуацию, и тогда мы учимся чему-то новому.

Творческий процесс во многих смыслах означает увеличение уровня свободы в жизни. Чем лучше мы осознаем свои возможности и ограничения в виде убеждений и привычек при принятии решений, тем менее скованы мы в творчестве. Творческое мышление делает жизнь более насыщенной и дает больше возможностей заниматься любимым делом. Этот образ мыслей упрощает жизнь и помогает нам стать более эффективными или замечать невероятное в самых обычных вещах.

Зачастую мы цепляемся за относительный успех, достигнутый при помощи привычек, навыков и убеждений. Из-за этого нежелание с ними расставаться возрастает, ведь мы почувствовали удовлетворение. Но у нас есть врожденная способность поступать и думать по-разному. Первое условие, если вы хотите получить больше возможностей, — это исследовать альтернативы, которые предлагает мир. Для начала нужно поверить, что возможно нечто **иное**.

Убеждения — это окна в мир. Не забывайте их иногда протирать, иначе они перестанут пропускать свет.

Алан Алда

ТЕХНИКА: ПЕРЕВЕРНУТЫЕ УБЕЖДЕНИЯ

В любой теме, дисциплине или вопросе у нас есть предубеждения. Что говорится, что известно или что должно быть, по всеобщим представлениям. Запишите все предубеждения, связанные с творческой задачей, а затем посмотрите на них с другой точки зрения. Что у вас получилось?

ТЕХНИКА: ПЕРСПЕКТИВА ДРУГИХ ПРОФЕССИЙ

Как вашу задачу решил бы танцор, ученый, пожарный, юрист, укротитель львов и т. д.? Представим себя на месте другого человека. Другие точки зрения способствуют появлению новых идей. Один из наиболее поразительных и приятных способов развивать видение мира с других перспектив — путешествовать, уехать от мест, где мы проводим бóльшую часть нашего времени. Когда мы физически находимся рядом с корнем проблемы, наше мышление автоматически ограничивается серией возможных ассоциаций. Это может быть полезно для концентрации, но мешает воображению.

Слепое пятно эксперта

Человек может прожить без воздуха несколько минут, без воды — две недели, без еды — два месяца, а без новых мыслей — многие годы до конца своей жизни.

Кент Рут

Как показали исследования, людей с необычайно творческим мышлением объединяет терпимость к двойственности, непоследовательности, несоответствиям и несовпадениям. Такие люди станут рассматривать проблему с разных сторон, постараются изучить все возможные переменные в поисках чего-то неожиданного. Чем мы образованнее, тем больше кубиков льда содержит форма и тем сильнее они отделяются друг от друга. Это может привести к ограниченному воображению, если его не упражнять. Зачастую **люди, более знающие, видят меньше, а люди, менее знающие, видят больше**. Леонардо да Винчи никогда не учился в университете, и его мозг во взрослой жизни больше походил на стакан воды, чем на форму с кубиками льда. Он обобщал сведения, а не разделял их.

ТЕХНИКА: ПРОФЕССИИ И РЕМЕСЛА

Составьте список профессий и ремесел.

Выберите наугад три буквы. Например, «с» — столяр, «п» — пожарный и «в» — врач.

Составьте список качеств и признаков представителей этих профессий. Думайте свободнее, не прерываясь, записывая все, что приходит вам в голову, даже ассоциации с этими профессиями.

Примените все, что записали — все качества, признаки и ассоциации — к вашей творческой задаче.

Без сомнений, появятся абсолютно новые идеи. Это так называемое концептуальное смешение, когда перемешиваются понятия, на первый взгляд не имеющие ничего общего, и между ними ищется сходство. Ваше воображение станет более гибким, открывая множество ассоциаций между разными профессиями и ремеслами и сочетая их случайным образом в новые идеи, связанные с творческой задачей.

Личный опыт

В 2004 году я изучал в Гарвардской медицинской школе мышечную дистрофию Дюшена, страшное генетическое заболевание. К этому времени я провел там уже два года, приехав из Франции, где получил докторскую степень, и находился на перепутье. За два года работы я накопил много данных, но мне никак не удавалось проанализировать их, чтобы продвинуться с исследованием. Я зашел в тупик и очень нервничал. Несмотря на все знания анатомии мышц, молекулярной биологии и биохимии болезни, я никак не мог обобщить экспериментальные данные. Тогда я решил сделать то, что обычно делают люди с проблемами на работе: попросить совета у более знающего человека, своего начальника доктора Луиса Кункеля. В 1988 году он обнаружил, почему это заболевание появляется у детей, он эксперт в этой теме и возможный кандидат на Нобелевскую премию. Лу, как мы его называли, пригласил меня в свой кабинет. Там почти три часа я знакомил его с результатами — огромным массивом информации. Лу был — и остается — человеком, который лучше всего мог мне помочь. Он внимательно все изучил и неожиданно вдруг сказал:

— Послушай, Эстани, я сам не знаю, что делать со всеми этими данными. Я многого не понимаю и не могу сказать, как продолжать. Здесь что-то не сходится, но что именно, я не знаю. Я чего-то не вижу.

Я был разочарован его словами, но буквально через полминуты он продолжил:

— Почему бы тебе не посоветоваться с уборщиками?

В США по окончании рабочего дня здания университетов, больниц и школ заполоняют армии уборщиков с ведрами и швабрами, метлами и пылесосами. За ночь они наводят идеальный порядок, чтобы к следующему утру мы, в данном случае — исследователи и их команды, могли вернуться к работе в лучших условиях.

— Лу, я не понимаю. Как я объясню сложную работу в лаборатории этим людям? Они же ничего не знают об этой теме, не получали образования, — спросил я его.

Тогда он улыбнулся и сказал:

— Они ведь тоже, как и ты, говорят по-испански, разве нет? Твой родной язык — испанский?

— Да-да, это правда. В большинстве своем это иммигранты из Гватемалы, Гондураса, Сальвадора, и они, как и я, прекрасно говорят по-испански, — ответил я.

— Тогда объясни им на своем языке как можно проще (я верю, у тебя получится) свои сомнения и проблемы, что мешает тебе двигаться дальше. Поверь мне. Ты пришел ко мне за советом, я твой начальник. Так вот, сделай это, и после поговорим, — сказал Лу.

Я ушел, расстроенный и обескураженный. К этому моменту я уже двенадцать лет работал в области молекулярной биологии и все глубже вникал в тему. Я привык читать лекции биологам, врачам, иногда предпринимателям во Франции, в США или во время моих поездок в Аргентину. Теперь мне надо было выступать перед абсолютно новой публикой, с совершенно иной точкой зрения. Я не очень хорошо представлял себе, как это сделать.

Признаюсь, у меня были определенные предрассудки, но в то же время предложение руководителя показалось забавным и интересным. Латиноамериканские коллеги-исследователи воодушевили меня и тоже захотели поучаствовать и показать свои работы. Я начал задерживаться на работе, чтобы иметь возможность поговорить с уборщиками, и договорился о встрече в лекционном зале Бостонской детской больницы, где выступали нобелевские лауреаты и другие известные и успешные люди. Хотя уже четыре семестра подряд меня выбирали лучшим преподавателем факультета биологических наук Гарвардского университета, той ночью я едва мог справиться с нервами. И мне предстояло выступить на испанском, а я уже много лет использовал только английский. Это было настоящее испытание.

В три часа ночи назначенного дня уборщики прервали свою работу, и мы встретились в аудитории. Волнующий момент: 25 человек, каждую ночь убиравшие этот зал, но никогда не сидевшие в нем, занимали свои места, оставляя щетки и ведра у входа. Представление началось. Я попытался объяснить как можно проще, не используя специальные термины, зачем их здесь собрали. Я подготовил презентацию в PowerPoint — графики, фотографии и диаграммы — и показал результаты, которые получил за последние два года. Сначала воцарилось уважительное молчание, однако затем некоторые осмелели и начали задавать вопросы, по большей части простые, но интересные, чтобы понять, чем именно я занимаюсь. Я уловил несколько восхищенных взглядов. Я чувствовал себя не просто аргентинцем, а латиноамериканцем, одновременно близким этим людям и далеким от них. Наконец одна женщина, как помню, она была беременна и родом из Сальвадора, поднялась со своего места и задала вопрос, благодаря которому в моей голове что-то щелкнуло и меня осенило. Не буду вдаваться в подробности — цель книги не в этом. Я показал и объяснил несколько диаграмм: черные пятна на них (в соответствии с используемой мной биохимической техникой) означали отсутствие интересовавших меня данных у пациентов. Эта женщина спросила:

— Я не понимаю. Вы говорите, что, если видите эти черные пятна, это значит, что там ничего нет, — сказала она и продолжила: — Но если вы показываете мне пятно, то оно там есть?

Ее вопрос вернул меня на два года назад к началу исследования: «Не ошибся ли я с химическими реактивами и оборудованием, разрабатывая свой метод?» Тут же пришла в голову мысль, что эта ошибка могла бы объяснить несоответствие результатов и мои вопросы, как продолжать исследование (это называется «тянуть» ошибку при решении математического уравнения). Встреча с уборщиками продолжилась еще некоторое время, но я уже не мог перестать думать о вопросе той женщины и, вернувшись в лабораторию, бросился проверять записи, реактивы и прочее. Вот почему в науке так важно записывать все, что вы делаете. Той же ночью я повторил эксперименты двухлетней давности, на этот раз обращая особое внимание на использование реактивов и оборудования. Две-три недели спустя выяснилось, что я действительно ошибся. В итоге у меня вышли две научные статьи международного значения.

Взгляд человека, далекого от нашей области, от моей дисциплины, не эксперта, позволил мне достичь озарения и разобраться, что произошло

Когда мы слишком хорошо знаем какую-то тему, когда у нас огромный опыт, когда мы понимаем уклад какой-либо дисциплины, в моем случае — молекулярной биологии, или страны, компании, семьи, появляется уверенность. И это хорошо. Но во многих случаях знания ограничивают разум, мешают смотреть вглубь и искать разные возможности или ответы на один и тот же вопрос. В целом, как уже упоминалось, опыт помогает решать проблемы так же, как мы это делали в прошлом, а **взгляд** снаружи, из другой области, точка зрения непрофессионала позволяют найти новые варианты решения задачи.

ТЕХНИКА: СОВСЕМ ДРУГОЕ

Иногда наиболее интересные или продуктивные идеи возникают из элементов, относящихся к довольно далеким, иногда даже прямо противоположным по отношению к нашей задаче темам.

Например, я работаю организатором мероприятий. Моя задача — сделать праздники для молодежи более интересными. А я напишу список вещей, связанных с церковью.

По мере составления такого списка появятся интересные и забавные ассоциации, которые можно будет попробовать применить к поставленной задаче.

Тест на творческие способности (адаптированный вариант теста из блога Джоша Линкнера)

Ответьте на следующие вопросы как можно правдивее, используя шкалу от 1 до 5, где 5 — это «абсолютно согласен», а 1 — «абсолютно не согласен». Выбирая ответ, записывайте цифру в таблицу результатов, которая находится в конце списка вопросов.

1. Я использую творческие способности везде (на собраниях, встречах, при общении с другими людьми). Творчество — это часть меня.

1	2	3	4	5

2. Прежде чем начать проект, требующий творческого подхода, я всегда точно определяю задачу.

1	2	3	4	5

3. Я спокойно выражаю свое мнение и иду на определенные риски в работе или учебе.

1	2	3	4	5

4. Я редко остаюсь без источников вдохновения. Меня многое вдохновляет.

1	2	3	4	5

5. Мои идеи совсем не похожи на идеи моих коллег или товарищей.

1	2	3	4	5

6. Если я работаю в команде, побеждает лучшая идея, а не идея человека, «который лучше всего в этой теме разбирается».

1	2	3	4	5

7. Я чувствую, что у меня большой творческий потенциал.

1	2	3	4	5

8. Я постоянно подвергаю сомнению устоявшееся положение вещей.

1	2	3	4	5

9. Я регулярно выполняю упражнения для «разогрева мозга», чтобы лучше подготовиться к творческим задачам.

1	2	3	4	5

10. Я быстро и легко работаю, когда передо мной стоит творческая задача.

1	2	3	4	5

11. Я часто устраиваю мозговой штурм. Это интересно, продуктивно. При этом не отклоняюсь от цели — поиска решения.

1	2	3	4	5

12. У меня есть система отбора лучших идей.

1	2	3	4	5

13. На работе от нас требуют творческого подхода независимо от поставленной задачи.

1	2	3	4	5

14. Я часто задаюсь вопросом: почему это еще не изобрели?

1	2	3	4	5

15. Когда я работаю над новыми идеями, отказываюсь от обычного окружения и ищу новое, которое позволит мне творить.

1	2	3	4	5

16. Я чувствую себя достаточно уверенно, чтобы справиться с любой творческой задачей, большой или маленькой.

1	2	3	4	5

17. Когда я работаю один или в команде над созданием новых идей, использую разные техники, чтобы задействовать свой творческий потенциал.

1	2	3	4	5

18. Я умею оценивать, насколько мои идеи творческие.

1	2	3	4	5

19. В месте, где я работаю или учусь, творчество ценится и вознаграждается.

1	2	3	4	5

20. Я редко принимаю вещи такими, какие они есть. Часто ставлю под сомнение авторитетные мнения.

1	2	3	4	5

21. Создав что-то новое, я редко по собственной инициативе это корректирую или изменяю.

1	2	3	4	5

22. Я знаю много техник, помогающих стать более творческим.

1	2	3	4	5

23. У меня прекрасное воображение и много «безумных» идей.

1	2	3	4	5

24. Когда у меня появляется хорошая идея, я обычно проверяю ее, прежде чем кому-то рассказать.

1	2	3	4	5

25. Творческие способности, оригинальность и воображение для меня стоят на одном из первых мест в личной жизни и в профессиональном плане.

1	2	3	4	5

26. Я стараюсь быть в курсе всего, что происходит в моем окружении.

1	2	3	4	5

27. Мне комфортно принимать на себя риски в связи с неожиданными решениями. Я не боюсь быть осмеянным.

1	2	3	4	5

28. Я часто использую метафоры и сравнения.

1	2	3	4	5

29. У меня есть система создания новых идей, подходящая для любых задач.

1	2	3	4	5

30. Обычно, когда у меня появляются хорошие идеи, я знаю, как их реализовать.

1	2	3	4	5

Подсчет баллов

Шаг 1: запишите ответ на каждый вопрос справа от соответствующего номера в таблице.

	A		B		C		D		E		F
1		2		3		4		5		6	
7		8		9		10		11		12	
13		14		15		16		17		18	
19		20		21		22		23		24	
25		26		27		28		29		30	
Итог		Итог		Итог		Итог		Итог		Итог	
				Общее количество баллов							

Шаг 2: посчитайте общее количество баллов в столбцах *A*, *B*, *C*, *D*, *E* и *F*.

Шаг 3: сложите баллы каждого из пяти столбцов, чтобы получить число, соответствующее вашим творческим способностям.

Результаты

Итак, если ваш общий балл:

130–150. Дела у вас обстоят лучше, чем у большинства. С таким результатом вы входите в 10% наиболее творческих людей (и организаций).

Вы регулярно используете свои творческие способности и работаете в компании, которая поощряет творчество. Этот результат также означает: у вас прекрасные возможности для развития ваших способностей, чтобы достичь максимального раскрытия своего потенциала.

110–129. Без сомнения, это совсем неплохой результат, однако вам предстоит еще много работы. Такой результат означает: вы многое делаете правильно, но в то же время на пути к творчеству у вас немало преград. Возможно, вы работаете в организации, которая не поощряет творчество и сдерживает ваши порывы. Результат указывает на большой потенциал, который вы мало используете.

85–109. К сожалению, вы в такой же ситуации, как и 60% населения. Возможно, у вас есть серьезные творческие способности, но они значительно ограничены бо́льшую часть времени. Вас приводит в отчаяние бюрократия в вашей организации, или вам мешают продемонстрировать свои творческие способности предубеждения. Вы, должно быть, говорите себе: «Я не творческий человек» или «Мне лучше не делиться своими идеями, надо мной будут смеяться». Вам нужно смахнуть пыль со своей творческой мышцы и начать ее упражнять. Хорошая новость: вы заметите значительный рост, когда начнете работать над раскрытием своего потенциала.

84 и меньше. Вы в опасности. Такой результат должен стать для вас тревожным звонком, знаком, что нужно что-то изменить, иначе в будущем вас ждут значительные трудности. Вы — потерянная творческая душа, и вам немедленно нужно снова включить воображение. Возможно, вас тормозит работа или рутина. Задумайтесь над этим, но не отчаивайтесь.

Не забывайте: этот результат показывает вашу ситуацию на сегодняшний день по сравнению с потенциалом. Баллы всего лишь демонстрируют, где вы остановились, и служат отправной точкой творческого пути.

Теперь рассмотрим остальные результаты. Баллы в столбцах от *A* до *F* указывают на конкретные области, в которых вы сильны или наоборот. Для каждого столбца максимально возможное количество баллов — 25. Результаты распределяются следующим образом:

22–25: отлично;
19–21: выше среднего;
17–18: средне;
16 и ниже: ниже среднего.

Баллы каждого столбца представляют разные аспекты ваших творческих способностей.

A определяет намерения относительно творчества в целом.

B показывает уровень любопытства и внимательности.

C отражает, насколько хорошо вы подготовили условия (окружение и разум) для появления идей.

D характеризует способность находить творческие идеи и черпать вдохновение в разных сферах жизни (концептуальное смешение).

E показывает, насколько вы готовы при необходимости создать множество идей.

F демонстрирует готовность выбрать лучшие идеи и претворить их в реальность.

Помните: эти результаты дают приблизительное представление о вашей ситуации на сегодня и о том, каким сферам вам нужно уделить больше внимания для творческого роста.

Глава 4
Чувства

Чувствовать друг друга

Одна из основ творчества — воздействие на чувства. Нельзя пробудить и развивать творческие способности без открытости новому и умения видеть вещи, как в первый раз. Уйти от стереотипов, сохранить свежий взгляд на проблему — только так можно полностью раскрыть творческий потенциал.

Восприятие — процесс получения мозгом информации об окружающем мире через органы чувств. Все, на что реагируют наши органы чувств, называется стимулами. Исследуя мир, мы оперируем зрением, слухом, осязанием, обонянием и вкусом. Все стимулы используются мозгом для формулирования идей и суждений, оценки ситуации, формирования реакций и записи в памяти полученного опыта.

Долгое время считалось, что это пассивный процесс, однако сейчас наука получает все больше доказательств того, что восприятие не регистрирует или записывает, а выстраивает реальность. Получается картина, полностью зависящая от действительности ее «автора». Следовательно, восприятие человека невозможно в отрыве от его установок. То есть мы познаем разные аспекты вещей, и наше восприятие немного отличается.

Возьмем Ниагарский водопад. Кто-то скажет: «Какое замечательное творение Бога, этот невероятный водопад!» Другие: «Как восхитительно чудо природы!» Любитель водных видов спорта может воскликнуть: «Заняться здесь рафтингом — вот это приключение!» Человек, изучавший гостиничное дело, посоветует: «Это прекрасное место для постройки ресторана или гостиницы». Географ будет думать о том, что это идеальное место для его любимой работы. Художник восхитится красивым и вдохновляющим пейзажем. Геолог, возможно, захочет осмотреть гроты под водопадом.

Наши пять органов чувств улавливают около 11 миллионов бит информации в секунду, но сознание способно обработать всего 40 бит в секунду

Однажды в парижском музее к Пабло Пикассо подошел незнакомый мужчина, рассматривавший его картины. Он спросил: «Почему вы не пишете людей такими, какие они на самом деле?» Пикассо ответил вопросом: «А какие они на самом деле?» Тогда незнакомец вынул из бумажника фотографию своей жены и показал ее художнику. Пикассо посмотрел на фотографию и сказал: «Вам не кажется, что она слишком маленькая? Да и плоская к тому же». Он, конечно, имел в виду фотографию, а не женщину. Надо признать, что у каждого своя реальность, на которую влияет восприятие.

Вся информация, поступающая в мозг через органы чувств, оказывает сильнейшее воздействие на мысли, эмоции, **личности** и, соответственно, на творчество. Есть специализированные нейроны, которые реагируют на изменения окружающей среды или на стимулы. Восприятие — это интерпретация значения стимула. Например, если я слушаю музыку, то могу заметить, что звук слишком громкий или что играет одна из моих любимых песен. Это может показаться странным, но значительную часть стимулов, полученных извне, мозг обрабатывает бессознательно.

По мере того как мозг накапливает информацию относительно внешнего мира, он привыкает к определенным моделям восприятия, аналогичным доминантным моделям мышления. Когда вы видите собаку какой-то породы впервые, мозг обрабатывает данные о ее фигуре, размерах, запахе, цвете и характеристиках шерсти и другие детали и делает вывод, что это новая порода собаки. Распознав таких животных еще несколько раз, мозг будет устанавливать, что перед нами собака этой породы, почти мгновенно. То есть мозг сортирует все новые образы в соответствии с тем, что он уже видел и испытал. Это то, что доктор Уолтер Липпман назвал стереотипами. Они незаменимы для понимания и выживания изо дня в день. Представьте, что бы было, если бы нам приходилось каждую секунду анализировать полный объем информации и ощущения во всех подробностях от всего, что нас окружает.

Каждый человек фильтрует все происходящее в мире по-своему и в своем сознании может превратить улицы города в симфонию света и звука или в зловонную помойку. Мозг часто упрощает восприятие, чтобы более эффективно провести день. Стереотипы предвосхищают действия и реакции, а также подготавливают нас уменьшить до минимума или увеличить до максимума удовольствие. Стереотип рычания и лая собаки подскажет мозгу, идет ли речь об угрозе. Как говорил Липпман, «мы сначала определяем и потом смотрим», а не «сначала смотрим и затем определяем».

Даже воображение не спасется

Если я попрошу вас представить себе закат на Плутоне, а затем нарисовать его, скорее всего, картина будет похожа на земной закат. Возможно, вы измените некоторые цвета или элементы пейзажа. Вы можете свободно творить, но наверняка вообразите что-то похожее на закат в вашем представлении. Этот феномен называется **структурным воображением**. Даже если мы используем воображение для развития новых идей, они располагаются предсказуемым образом в соответствии с понятиями, категориями и стереотипами, которые уже существуют в сознании. Это происходит как с художниками, так и с изобретателями, писателями, дизайнерами, бизнесменами и всеми, кто фантазирует.

Нужно разрушить эту структуру воображения, чтобы выйти за границы понятий, уже помещенных в разные категории. Смешивать кубики льда и растапливать их вместе. Это значит рассматривать темы и идеи, не связанные с творческой задачей. В первой главе мы назвали этот образ мыслей концептуальным смешением. Часто это может показаться вредной практикой, далекой от поставленной задачи, однако со временем и опытом вы поймете: это прекрасный и творческий способ поиска решений. **Идеальный вариант — позволить себе думать о невозможном. Впрочем, мозг по своей природе не терпит двусмысленности. Его первейшая функция — упростить опыт.**

Когда разум принуждают сосредоточиться на определенном предмете или теме, через некоторое время ему становится скучно, и он начинает исследовать альтернативные подходы. Например, может разложить предмет или тему на части, чтобы посмотреть, не появится ли что-нибудь интересное. Во время лекции в какой-то момент пропадает интерес. Внимание переключается на детали: например, мы принимаемся изучать одежду преподавателя, то, как он двигается, какой рукой пишет на доске. При этом часто обнаруживается что-то, способное нас заинтересовать: его улыбка, голос. Похоже, то же самое случается во время размышлений. Придумав идею, даже самую глупую и абсурдную, мозг начинает раскладывать ее на части в поисках чего-то интересного, чтобы на основе этого построить новые решения задачи. И хотя процесс начинается в пределах сознания, ответы зачастую приходят в форме внезапных озарений. Итак, разрушение структур воображения придает смелости, когда мы представляем себе выполнение невозможного.

Представьте себе что-то, что кажется невозможным. Подумайте, как можно перенести это, хотя бы частично, в область реализуемого.

Например, представьте себе, что ваш мобильный — живое существо, что он дышит. Перечислите признаки живого существа (рождается, размножается, растет, чувствует и т. д.). Некоторые из этих признаков вы, возможно, сможете использовать, чтобы изменить дизайн телефона (чтобы он определял, когда вам плохо, чтобы реагировал на погоду и т. д.).

Заставлять воображение придумывать, как сделать невозможное возможным при помощи конкретных действий и мыслей, — это как если бы сны работали наоборот. Сон представляет абстрактные идеи через конкретные образы и действия. В творческом процессе происходит обратное: конкретные идеи (например, живой мобильный) используются для того, чтобы прийти к озарениям и новым решениям (телефон, выражающий эмоции).

ГОТОВЬСЯ, ЦЕЛЬСЯ... ВООБРАЖАЙ!

Когда разум сравнивает проблему (творческую задачу) с чем-то необычным, появляется необходимость придать этой связи какой-то смысл. Так мы формируем новые связи и отношения, которые могут привести к футуристической, нестандартной, творческой идее.

Еще вопросы, которые помогут стимулировать воображение: что, если бы вы могли есть орехи на завтрак? Что, если бы половые органы располагались на лбу? Что, если бы с возрастом мы становились красивее и умнее? А если в конфликте разных стран выиграла бы та, которая насмешила больше всего людей? А если бы мы спали 23 часа в сутки и бодрствовали всего час? Что, если бы деревья начали производить горючее в огромных количествах? Что, если бы вы поменяли пол? Что было бы, если бы люди никогда не умирали? Как бы это отразилось на нас самих, на бизнесе, на религии и т. д.? Что, если глаза были бы на затылке? Что, если бы каждый работающий человек приютил бездомного и заботился о нем всю жизнь? Какое животное похоже на мою проблему? Почему? Чем моя проблема похожа на фонарик без батареек? Если бы проблема была бы газоном в саду, что стало бы сорняком? Как можно использовать для решения проблемы банку почти выдохшейся газировки, которая простояла на солнце два часа?

Вы можете применить эти вопросы к решению вашей творческой задачи или просто как упражнение для разогрева мозга.

Когда нейроны несколько раз подвергаются воздействию одного и того же стимула, мы учимся на этом опыте. При этом воспоминания скапливаются в определенных областях мозга, из которых мы можем их автоматически извлекать без значительных умственных усилий. Ребенок различает голос матери среди множества других голосов, музыкант может услышать и различить отдельные инструменты в симфонии, собака мгновенно осознает, что поднятый поводок означает прогулку. И наоборот, **новый опыт создает нейронные связи**, новые синаптические модели и совершенствует наше восприятие мира. Как если бы речь шла о тренировке мышц, **любая новая информация и новый опыт поддерживают мозг в хорошей форме**.

Если вы делаете что-то впервые в жизни,
вы развиваете мозг, добавляя связи

Итак, восприятие — это функция мозга, которая с помощью чувств позволяет нам получать из окружающей среды, разрабатывать и толковать информацию.

НЕКОТОРЫЕ УПРАЖНЕНИЯ ДЛЯ РАЗВИТИЯ ВОСПРИЯТИЯ

Считайте. Например, рассчитывайте время: сколько времени потребуется, чтобы добраться из одного места в другое? Сколько времени вы будете ждать в очереди в банк или в кино? Рассчитывайте размеры: каковы высота, ширина или длина такого-то предмета? Сколько одинаковых предметов поместится в сумку или коробку? Рассчитывайте объем: сколько чего-либо поместится в контейнере или сосуде? А в ящике? Рассчитывайте расстояния: каково расстояние между двумя пунктами? Сколько остается до места назначения? Каково расстояние до угла или до светофора? Рассчитывайте вес: сколько весит отдельный фрукт или полная сумка лимонов? Сколько весит сумка или коробка? Попробуйте угадать, как поступит в определенной ситуации другой человек. Сравните то, что вы себе представили, с происшедшим на самом деле.

Воображение и творческие способности также развиваются, когда мозг реагирует на новые формы восприятия, особенно если вы стремитесь получить необычный опыт. Посещайте места, где вы никогда не были, пусть органы чувств слышат, видят и ощущают то, что никогда не испытывали. Изучите экспозицию какого-нибудь музея. Слушайте сложную музыку и позвольте мозгу толковать ее структуру. Наслаждение музыкой стимулирует многие области мозга и создает возможности для создания новых нейронных связей. Исследования невролога Ричарда Рестака показывают: прослушивание музыки Моцарта несколько минут каждый день поможет развитию знаний на многих уровнях — от простого восприятия до самых глубоких мыслей.

Смотри!

Анри Матисс говорил: «Работа художника начинается с ви́дения — это творческий процесс, требующий усилий». И он опережал свое время. Сегодня известно, что визуальный опыт мы получаем не пассивно. Он развивается через анализ разных потоков информации, которые включают цвет, движение, внешние формы и т. д. Каждый аспект обрабатывается отдельно, но одновременно, а затем все они группируются для синтеза в разных областях мозга. То, что мы видим, — это конечный продукт длинной и сложной линии сборки.

Этот процесс строительства начинается, когда информация, улавливаемая глазами (сырой материал), отправляется в заднюю часть мозга и оттуда расходится по двум путям, ведущим в разные области мозга, где будут обработаны данные о цвете, размере, форме и т. д. В конце концов все эти элементы снова соединятся в «конечный» образ, который будет иметь смысл для нас.

В работе зрения задействована по крайней мере четверть мозга — больше, чем в случае с любым другим органом чувств. Кроме того, 70% всех рецепторов тела расположены в глазах, иными словами, **мы осознаем окружающий мир, глядя на него**. В одном известном эксперименте Университета Бордо в белое вино добавили красные красители без вкуса и без запаха, и цвет обманул даже экспертов-сомелье, которые описали его в терминах, подходящих для красных вин. Другой эксперимент также показывает превосходство зрения над другими органами чувств. Магнитно-резонансная томография выявила активность в слуховой зоне коры головного мозга во время просмотра видеозаписи разговора двух людей без звука. Но при виде человека, строящего гримасы, эта зона остается в покое. Очевидно, визуальный стимул влияет на слух, даже если отсутствует звук.

Как уже упоминалось, мы видим не глазами, а мозгом. Глаза улавливают свет и фокусируют изображение, но именно мозг придает смысл цвету, форме, выражению лиц. Поэтому воспоминания так реалистичны по прошествии нескольких месяцев или лет. По этой причине мы можем «видеть» воображаемые сцены или необыкновенно яркие сны. Мы много раз слышали, что лучше один раз увидеть, чем сто раз услышать, и все это потому, что образы и слова мозгом обрабатываются по-разному.

Человек может вспомнить больше 2500 изображений с точностью 90% через несколько дней после того, как он их увидел, даже если участникам эксперимента показывают фотографию всего на 10 секунд. Через год испытуемые вспомнили 73% изображений. В битве за память изображения легко побеждают письменные и устные презентации. Из устной презентации через три дня мы вспоминаем всего лишь 10% информации, однако средний показатель поднимается до 65%, если добавить изображение. Доказано, что мультисенсорное обучение намного эффективнее, чем когда мы используем один из наших органов чувств. С текстом дела обстоят еще хуже, чем с устными презентациями. Это связано с тем, что мозг воспринимает написанные слова как множество небольших изображений, то есть вместо слов мы видим сотни крошечных рисунков разных форм. А значит, для наиболее развитой части мозга, префронтальной коры, слов не существует, есть только изображения. Возможно, это объясняется тем, что эволюция людей зависела главным образом от листьев деревьев и голодных леопардов, а не от букв, набранных шрифтом Times New Roman.

В тот момент, когда мы встали на ноги, зрение стало основным органом чувств. С его помощью мы могли эффективнее оглядывать окрестности в поисках хищников, движения, еды, источников воды, возможностей размножения и т. д. Если говорить про эволюцию, за образец лучше всего взять восприятие детей. Если ребенку до года привязать к ножке колокольчик, сначала он будет двигаться произвольно, однако вскоре поймет, что при движении этой ногой раздается звон, и начнет с радостью ею дергать. Если затем мы снимем и отложим колокольчик, младенец продолжит двигать ногой все сильнее и чаще, даже при отсутствии звука. Не добившись успеха, он посмотрит на колокольчик, лежащий рядом с ногой. Такое поведение говорит о том, что ребенок обращает внимание на проблему. Сегодня с помощью технологий мы можем измерить уровень его внимания. Следовательно, с самого детства мы начинаем осваивать отношения причины и следствия. Кое-что дети видят без обучения, можно сказать, что у них с рождения стоит нечто вроде программного обеспечения для обработки видеоданных. Это «программное обеспечение» отдает предпочтение контрастным моделям, так как они позволяют определить, какие объекты, движущиеся вместе, составляют часть целого, например белые и черные полоски зебры. С самых первых дней мы умеем различать человеческие лица и, конечно, предпочитаем их всем другим образам. Можем оценить размер в сравнении с расстоянием. Когда предмет приближается, он становится больше, но это тот же самый предмет.

Тенденция воспринимать лучше всего визуальную информацию берет начало в раннем детстве. Если пожилых людей спросить, что они помнят, большинство назовет события своей юности. Вершина визуальной памяти приходится на 15–30 лет. Возможно, это связано с высокой активностью в этот возрастной период. И наконец, интересно влияние восприятия красоты на принимаемые решения. Например, симпатичные преступники получают меньшие сроки. Милым младенцам врачи оказывают больше внимания. Лучшие должности при одинаковом резюме занимают более красивые люди.

Невролог Ричард Рестак предлагает некоторые идеи, как с помощью зрения можно расширить сенсорные сети мозга и развить творческие способности и память. Самое известное из его упражнений — это техника бонсай.

ТЕХНИКА БОНСАЙ

Поставьте на пол бонсай, посмотрите на него сверху и попытайтесь запомнить форму и строение каждой ветки. Закройте глаза и «взгляните» на него, используя память. Откройте глаза и проверьте себя. Повторите упражнение, поставив дерево на уровень глаз, однако теперь постарайтесь приблизиться и посчитать точное количество веток. Посчитайте точное число листьев на каждой ветке. Закройте глаза и мысленно восстановите эту картину. Сосредоточьте свои мысли на образах, а не на словах. По мере того как улучшается ваша способность «видеть» детали бонсай с открытыми или закрытыми глазами, вы усиливаете нейронные связи, вовлеченные в восприятие.

Настал момент отложить книгу, закрыть глаза, лечь на пол и отпустить воображение. Закрыв глаза, вы выключите значительную часть мозга, отвечающую за визуальные стимулы. Это позволит включить и соединить другие области мозга. Сосредоточьтесь на своем дыхании, на образе приятного места — я представляю себе гору со снежной вершиной под теплым солнцем — или на каком-нибудь звуке. Вы почувствуете, как разум захватывают самые разные мысли. Не боритесь с ними, позвольте свободно курсировать. Можете представить себе дорогу, по которой идут идеи. Возможно, со временем — некоторым требуется два или три раза, другим — дюжина, а у кого-то никогда так и не получается — эта дорога опустеет. Когда это произойдет, вы начнете думать более творчески. Эксперты советуют выполнять это упражнение два раза в день по 20 минут. Если вас заинтересовала эта тема, стоит узнать больше о трансцендентальной медитации или прочитать книгу Дэвида Линча «Поймать большую рыбу»*.

«Любовь моя, цвет зеленый»**

Одно лишь размещение цветов в офисе увеличивает количество идей у сотрудников на 15%. Замещение живых цветов фоном рабочего стола с изображением природы не производит того же эффекта. Во дворе с богатой растительностью дети придумывают более творческие игры, чем в забетонированном. Пациенты в больницах поправляются намного скорее, если видят деревья из окон палаты. Заключенные в камерах с видом на поле или лес реже болеют.

Группу людей попросили разгадать ряд анаграмм. Им раздали листы бумаги с их именами, при этом половина имен была напечатана в правом верхнем углу красным шрифтом, а половина — в левом зеленым. Участников попросили проверить написание своих имен. Таким образом гарантировалось, что они увидят красный и зеленый цвета до начала эксперимента. Те, чьи имена были написаны зеленым, разгадали на 30% анаграмм больше. Эти результаты свидетельствуют о том, что для творчества полезнее зеленый. Красный обычно ассоциируется с чувством опасности, с ошибкой, это цвет светофора и красной ручки учителя, в то время как зеленый вызывает ассоциации с чем-то позитивным, с природой. Если из вашего офиса или комнаты не видно достаточно растительности, постарайтесь использовать в интерьере больше зеленого и меньше красного. То же самое относится к зеленым папкам, стульям, одежде, столам и т. д.

---

* *Линч Д.* Поймать большую рыбу. Медитация, осознанность и творчество. М.: Эксмо, 2009.

** Строка из «Сомнамбулического романса» Федерико Гарсиа Лорки в переводе А. Гелескула.

И синий тоже…

В Университете Британской Колумбии 600 человек попросили пройти серию когнитивных тестов, которые им раздали напечатанными на красном, синем или нейтральном (белом и черном) фоне. Те, кто получил тест на красном фоне, намного лучше справились с заданиями, для которых требовались точность и внимание к деталям. Возможно, они были более сосредоточенными, так как красный — цвет опасности. Испытуемые с тестами на синем фоне проявили себя хуже в заданиях на кратковременную память, зато показали прекрасные результаты там, где требовалось воображение. По мнению ученых, синий цвет мгновенно вызывает ассоциации с небом и океаном. Представьте себе далекий горизонт, рассеянный свет, райские пляжи и дни отдыха. Идеально для активации альфа-волн в мозге!

Послушайте!

Мозг собирает важную информацию об окружающей среде через шумы и звуки. Звон капели, удар от столкновения двух машин на углу или стук града по крыше предупреждают о происходящем до того, как мы это увидим. У нас есть что-то вроде локатора источника звука, который позволяет определить, насколько он далеко и с какой стороны от нас. Вибрации (их также называют волнами), проникающие в уши, сначала превращаются в электрические сигналы. Затем следует сложный процесс, который заканчивается в слуховой зоне коры головного мозга, где будут определены частота, интенсивность, качество и значение звука. Основные свойства, влияющие на наше восприятие звука, — это частота (количество вибраций в секунду) и амплитуда (размер впадин и пиков звуковых волн). Что касается различия между шумом и музыкой, можно сказать, что в первом случае создаются звуковые волны нерегулярной частоты, а во втором — регулярной. Когда звуковой диапазон включает в себя разную громкость и тональности, различные группы специализированных клеток начинают вибрировать в унисон, и таким образом два или более звуков будут обработаны в слуховой зоне коры. Так мы различаем отдельные инструменты в симфонии. Зачастую звуки вызывают ностальгию, как песни из юности. На вечеринке, когда многочисленные гости разговаривают и кричат на фоне музыки, мозг улавливает все звуки. Но мы все равно умудряемся следить за нитью разговора, потому что слуховая зона коры в состоянии понять, какие звуки имеют значение, а какие — просто фон. Другие важные для людей звуки — это стук сердца и дыхание матери, успокаивающие младенца. Значимые события в жизни часто сопровождаются музыкой (свадьба, выпускной вечер, похороны и т. д.). Когда мы поем, зрачки расширяются и выделяются эндорфины. Пациенты в коме реагируют на музыку, а неизлечимо больные расслабляются под нее. В коммерческом плане, когда изделие или услуга сопровождаются звоном или звуком, ассоциирующимся с ними, удовольствие от них повышается (звуки открываемой банки газировки или наливаемого кофе, хруст чипсов, стук фишек казино и т. д.).

Озарения похожи на звонок мобильного на вечеринке: вам его плохо слышно на фоне такого шума. Нужно расслабиться, чтобы кора головного мозга приглушила звуки повседневности и вы могли бы услышать голос подсознания. Оно, без сомнения, принесет хорошие новости о решении ваших проблем

Как вкусно пахнет

Нос — старейший орган чувств, притом единственный, который отправляет сигнал напрямую в амигдалу и обонятельную зону коры, минуя таламус, в отличие от слуха, части зрения, осязания и вкуса. Обоняние позволяло быстро определить, что потенциальная еда плохо пахнет и может повредить. Сегодня мы по-прежнему хорошо распознаем по запаху вредную химию, испорченные продукты и т. д. Изысканные французские сыры в этот список не входят.

Практически любое животное, не обладающее хорошим обонянием, погибнет раньше, чем сможет оставить потомство. В целом хищнику приятен запах жертвы (запах жаркого), в то время как жертвам неприятен запах хищника (запах льва, отталкивающий людей). Запах также может указывать на болезнь. Поэтому часто для выявления меланом, эпилепсии, снижения уровня сахара или сердечных приступов используют собак. Диабет пахнет сахаром, а корь — перьями. У лучшего друга человека 220 миллионов обонятельных клеток, в то время как у нас их всего 5 миллионов.

Если вы не хотите, чтобы вас забыли,
обращайтесь к носу!

Прямое подключение обонятельной системы к амигдале связано с тем, что эта часть мозга может повлиять как на сердечный ритм и артериальное давление, так и на ощущение спокойствия и удовлетворенности.

Есть запахи, которые волнуют или тревожат, и те, что соблазняют и привлекают. Последние используются в ароматерапии.

Кроме того, обонятельная система напрямую связана с эмоциями и памятью. Несмотря на то что всего 1% мозга участвует в процессе обоняния, знакомый запах способен вызывать воспоминание о моменте, когда мы его почувствовали впервые. И это воспоминание возродит наши эмоции в тот момент. В мире маркетинга часто используются запахи детства, которые бережно и долго хранятся в памяти, для ассоциации торговой марки или продукта с этим счастливым временем.

Что касается бизнеса, исследования выявили удивительные факты. Например, запах лимона увеличивает количество заказов в рыбных ресторанах, а запах пастбища и земли рядом с молочными изделиями поднимает продажи в супермаркетах, напоминая о происхождении этих продуктов и создавая впечатление свежести. Запах кожи ассоциируется у нас с наградой и отдыхом, отсюда дорогие машины или чемоданы. В некоторых магазинах одежды продажи улучшаются от запаха моря или благоухания роз и фиалок. В сфере недвижимости потенциальных клиентов в выставленном на продажу доме можно соблазнить ароматом свежеприготовленного печенья. В бутиках женской одежды продажи удваивает запах ванили, а в магазинах мужской одежды тот же эффект производит аромат меда или роз.

Похоже, что пик сохранения приятных запахов в памяти приходится на возраст от 5 до 10 лет, когда мы впервые встречаем многие ароматы. В воспоминаниях детство — это время, когда мы были свободны от ответственности и типичных тревог взрослой жизни. Возрождая в памяти посредством запахов эти моменты, мы их идеализируем. Способность пережить подобное годы спустя кажется роскошью. Разве свежеиспеченный хлеб или шоколадное печенье не напоминают о прекрасном времени в гостях у бабушки? Марсель Пруст описывал, как ароматы печенья «Мадлен» и чая переносили его в дом тетушки в детстве: «Но, когда от давнего прошлого ничего уже не осталось, после смерти живых существ, после разрушения вещей, одни только, более хрупкие, но более живучие, более невещественные, более стойкие, более верные, запахи и вкусы долго еще продолжают, словно души, напоминать о себе, ожидать, надеяться, продолжают, среди развалин всего прочего, нести, не изнемогая под его тяжестью, на своей едва ощутимой капельке, огромное здание воспоминания»*. Во всемирно известной сети кофеен «Старбакс», например, сотрудникам запрещается использовать духи, чтобы не перебивать соблазнительный запах кофе. Одна компания обнаружила, что если автоматы, продающие шоколад, им пахнут, то продажи увеличиваются на 60%.

Обоняние у женщин более тонкое, чем у мужчин, и им проще определить запах. Обоняние также выполняет важную роль в сочетании со вкусом. Значительная часть удовольствия от вкусного блюда приходится на обоняние, которое получает химическую информацию о том, что вы жуете или даже просто разрезаете ножом. Запах еды в 10 тысяч раз ощутимее, чем вкус. Жизнь без обоняния можно сравнить с немым черно-белым фильмом в противоположность кино в высоком разрешении. Интересный факт: в носу есть болевые рецепторы, поэтому некоторые запахи причиняют боль, например аммиака или очень острого перца.

Невролог Ричард Рестак советует семьям и друзьям вместе пробовать разные ароматы, чтобы они позитивно влияли на эмоциональную память. Другое «обонятельное» упражнение: пригласите друзей на ужин. Пусть каждый принесет что-то со своим любимым запахом. Передавайте

---

* *Пруст М.* В сторону Свана. М.: АСТ, 2016.

этот предмет по кругу с комментариями, почему вы предпочитаете этот аромат и какие с ним связаны воспоминания.

В Стэнфордской школе дизайна ароматы используют для пробуждения воспоминаний и создания идей. Кроме этого, студентам предлагается представлять себе проблемы в разных цветах и искать вдохновение в пятнах краски.

Поспорим о вкусах

Помните, когда вы последний раз болели гриппом или простудой? Скорее всего тогда еда почти потеряла вкус. Почти три четверти информации, которую мозг принимает за вкус, поступает через нос. Вкус также защищает от потенциальных отравлений, вызывая рвотный рефлекс или заставляя поперхнуться чем-то, что нам не нравится.

Первое, что мы пробуем, — это материнское молоко. Отсюда склонность к сладкой и теплой пище. Знакомство с едой прекрасно: она ассоциируется с теплом, лаской, нежностью и любовью. Рецепторы языка различают пять вкусов: сладкий, горький, соленый, кислый и умами. Последний описал Кикунаэ Икэда, когда ел морские водоросли в 1908 году в Токио. Рецепторы этого вкуса находятся не на языке, а в глотке. Вкус умами присутствует у соевого соуса, помидоров, жаркого и пармезана. Некоторые соленые, жирные и сладкие блюда, а также карамель высвобождают эндорфины, поднимающие настроение. Нехватка углеводов ощущается из-за необходимости повысить уровень серотонина — успокаивающего гормона. Пристрастия в еде обусловлены генетически, так как у однояйцевых близнецов, разлученных при рождении, они совпадают, а у двойняшек нет.

Прикосновение

Изначально по сравнению со зрением или обонянием осязание не кажется таким значимым. Но для младенца оно означает жизнь или смерть. Человеческий контакт играет решающую роль в развитии. Специалист по развитию Джеймс Прескотт считает, что самый быстрый способ рассердить и огорчить ребенка — это не трогать его и не брать на руки. Ученый считает, что общество с высоким уровнем насилия возникает из-за недостаточной связи, сформировавшейся между матерью и сыном через прикосновения. В XIII веке император Священной Римской империи Фридрих II в поисках естественного человеческого языка приказал воспитать группу новорожденных детей, не разговаривая с ними. Кроме того, кормилицам запрещалось прикасаться к младенцам. Все дети умерли в младенчестве.

Осязание формируется раньше остальных чувств, еще в утробе матери. Младенцы, поворачивая голову от прикосновения к щечке, проявляют поисковый рефлекс, помогающий им найти сосок во время кормления. Можно сказать, что осязание напрямую связано с первыми этапами развития интеллекта. Для каждого чувства существует свой орган, в то время как орган осязания — мы сами. Поэтому это наиболее полезное и подходящее для выживания и эволюции чувство. Кожа отделяет нас от всего остального, придает нам форму, защищает от вредителей, охлаждает и согревает, производит витамин D, поддерживает баланс жидкостей организма, постоянно обновляется, и, кроме того, это самый большой орган. Осязательные рецепторы, определяющие давление, температуру, боль, вибрации и т. д., распределены неравномерно по всей поверхности кожи. То есть каждая часть тела обладает разной **чувствительностью** к прикосновению и болевым стимулам в зависимости от количества рецепторов и их распределения по коже. Сравните губы и локти. Пальцы и язык намного более чувствительны, чем спина: прикоснувшись к поверхности пальцем, мы собираем намного больше информации, а поцелуй вызывает целый взрыв нейронных фейерверков. В среднем на каждый квадратный сантиметр кожи приходится около 200 рецепторов боли, 15 — давления, шести — для определения холода и один — тепла. Конечно, для нашего выживания и незамедлительной реакции крайне необходима способность чувствовать боль. Многие из болевых рецепторов не только определяют, но и избегают ее. В 1990 году провели исследование по созданию мозговой карты слепых, читающих по системе Брайля. Испытуемые не только чувствовали выдающиеся буквы, активируя тактильные нервные проводящие пути, но и задействовали нейроны зрительной зоны коры, чтобы их расшифровать.

Интересно, что, даже ужасно боясь щекотки, вы не сможете пощекотать самого себя. Дело в том, что мозг контролирует ваши движения и предупреждает результат. Вы заранее знаете, к какому месту прикоснетесь и что почувствуете. Мозжечок, одна из частей мозга, отвечает за то, чтобы отличать ваши пальцы от пальцев других людей, чьи действия он не может предсказать, что и приводит к чувству щекотки.

В таких социальных ситуациях, как праздник или ужин, французы могут прикоснуться друг к другу около 200 раз за полчаса, американцы — около 400. Если бы не хорошо развитое осязание, мы были бы лишены и отношений, и детей. Более того, исчезли бы как вид. Ведь не просто так самые приятные тактильные ощущения связаны с сексом. По великой задумке природы, наша цель как вида (размножение) превратилась в главное удовольствие.

«В очах души моей, Горацио», — произнес Гамлет в знаменитой пьесе Шекспира. В 2011 году ученые из Калифорнии под руководством Антонио Дамасио, сделавшего столь многое для понимания мозга, выяснили: когда мы смотрим на предмет, мозг вспоминает не только его внешний вид, но и ощущения от прикосновений к нему. Мы могли бы назвать это прикосновением души. Изучив данные, поступившие из части мозга, которая отвечает за осязание, можно предположить, какой предмет видит человек. В том же самом исследовании участников, подключенных к мощному магнитно-резонансному томографу, просили представить себе разницу между прикосновением к теплой шкурке кота и холодному металлическому бруску. Испытуемые утверждали, что могли «почувствовать» разницу, представив ее. В соответствии с их заверениями у них активизировалась та же область мозга, как и когда они действительно что-то трогали. Мозг улавливает и сохраняет физические ощущения посредством осязания и позднее способен вновь их «почувствовать», просто увидев предмет или представив его.

УПРАЖНЕНИЯ ДЛЯ РАЗВИТИЯ И ТРЕНИРОВКИ ПЯТИ ЧУВСТВ В ПОВСЕДНЕВНОЙ ЖИЗНИ

Попробуйте одеваться, мыть голову и чистить зубы с закрытыми глазами. За ужином попробуйте общаться с собеседником только глазами, без слов. Слушайте музыку, нюхая цветы.

Слушайте дождь, выстукивая пальцами ритм падающих капель. Смотрите на облака, лепя фигуры из пластилина. Всю неделю ходите на работу или учебу разными путями. Переложите вилку в другую руку. Покупайте продукты в другом супермаркете или сходите в другую булочную.

ТЕХНИКА: ТВОРЧЕСКАЯ ВИЗУАЛИЗАЦИЯ

Очень эффективной для развития творчества будет попытка соединить свои органы чувств с тем, что вы пытаетесь создать. Используйте чувства, чтобы представить себе финальное решение творческой задачи. Каким вы его видите? Что вы чувствуете? Как оно звучит? Чем пахнет? Какой у него вкус? Чем сильнее вы связаны эмоционально с проблемой, тем больше шансов найти необычное решение.

Шестое чувство

Я вижу мертвых

В нейронауке шестое чувство часто относят к проприоцепции. Она отвечает за регистрацию положения и движение тела в пространстве и за передачу этой информации в мозг. Но мы редко осознаём этот процесс. Например, достигать и поддерживать **равновесие** — это бессознательный феномен. Соматосенсорная система, наряду с проприорецепторами, отвечает за измерение отношения длины мышц, их напряжения и сжатия к положению тела. Аналогично «регистрируются» связки, сухожилия, суставы и кожа. Проприорецепторы отправляют информацию в мозг, который принимает решение, поменять ли позу или перестать двигаться, и передает его мышцам. Под влиянием алкоголя или других наркотиков эта система дает сбой. Поэтому, когда полицейский просит поднять ногу, мы не можем удержать равновесие, а также не способны дотронуться до кончика носа или пройтись по прямой линии.

Можно понюхать твои подмышки?

Другие ученые, говоря о шестом чувстве, имеют в виду способность вомероназального органа в носу опознавать определенные химические сигналы, отправляемые другими людьми. Эти сигналы — гормоны, известные как феромоны. Эти молекулы, как и сам вомероназальный орган, были широко изучены у множества животных — от насекомых и крыс до обезьян. Но до сих пор ведутся споры относительно работы этого органа у людей. Феромоны запускают огромное количество разных гормональных изменений и инстинктивное поведение, такое как стремление размножаться или проявить агрессию. В результате были разработаны разные марки духов с чувственными запахами, усиливающие сексуальное желание, например Realm, Desire № 22 и Pheromone 10X. По утверждению производителей, в этих духах содержатся человеческие феромоны (андростерон и копулины).

Существование человеческих феромонов доказал эксперимент Чикагского университета. Девушкам дали понюхать ватные диски с выделениями подмышек подруг, и через некоторое время менструальный цикл первых синхронизировался с циклами вторых. Сегодня считается, что человеческие феромоны могут влиять на наше поведение через какую-то бессознательную область мозга. Но сознательная часть мозга через чувства, образование и культуру нас контролирует.

Феромоны вырабатываются в апокриновых железах, которые относятся к сальным железам, расположенным на коже человека и выделяющим вещества для борьбы с вредными бактериями. Они активизируются в период полового созревания. Наибольшие скопления этих желез находятся в подмышках, на сосках (у обоих полов), в зоне половых органов, вокруг губ, на веках и на наружном ухе. Во время полового созревания в первых четырех областях начинают расти волосы, и именно в этом возрасте мы начинаем интересоваться сексом. К тому же эти области эффективно распространяют запахи через испарения. Возможно, мы нашли применение подмышкам: выделять феромоны. Они как раз расположены на уровне носа, и руки почти всегда в движении, так что другой человек может нас «понюхать». Мы, конечно, не машины, но и не капитулируем перед запахами. Вероятно, наше поведение ориентировано на гармоничное сочетание феромонов и интеллекта.

К счастью, даже уловив чьи-то феромоны, мы не проникнемся непреодолимым желанием заняться с этим человеком сексом или напасть на него

Я же говорю: биология все объясняет!

И наконец, глас народа: почти все говорят о шестом чувстве у женщин. Еще это называют женской интуицией. Это явление не имеет ничего общего ни с феромонами, ни с проприоцепцией. Просто женщины лучше, чем мужчины, способны определить, когда то, что человек говорит, противоречит тому, что выражает его тело. Они более эффективно, чем противоположный пол, выявляют противоречия между словами и языком тела. В одном исследовании, проведенном в Гарварде, мужчинам и женщинам показали короткометражные фильмы без звука, в которых разыгрывались разные ситуации. Только 42% мужчин смогли понять, что происходит. Среди женщин этот показатель достиг 87%. Став матерью, женщина еще сильнее развивает такую способность благодаря необходимости общаться с детьми до того, как они научатся говорить. Впрочем, в гарвардском эксперименте некоторые мужчины — соцработники, медбратья, художники и геи — показали те же результаты, что и женщины. Ряд ученых связывают способность улавливать детали окружающей среды и изменения в ней с повышенным уровнем эстрогена у женщин.

Интересный (а иногда опасный) факт относительно языка тела и выражений лица: мы редко отдаем себе отчет в том, что поза, движения и жесты могут выражать одно, в то время как голос произносит совсем другое. Именно это женщины подмечают лучше, так что, господа, осторожнее с тем, что говорите! Представительницы прекрасного пола более чувствительны к выражению лица и лучше понимают настроение другого человека, просто посмотрев на него. В начальной школе в среднем девочки чаще устанавливают зрительный контакт со своими сверстниками-мальчиками. Недавний эксперимент с использованием магнитно-резонансного томографа показал, что у женщин за оценку поведения других отвечают 14–16 областей мозга, в то время как у мужчин — 4–6. Это объясняет, почему, с точки зрения женщин, мужчины мало говорят, а для мужчин женщины никогда не замолкают. Кроме того, женщины могут одновременно говорить и думать о двух-четырех темах, не связанных друг с другом. Они используют до пяти тональностей голоса, когда хотят подчеркнуть что-то или сменить предмет разговора. Мы же способны распознать только три из этих пяти тонов, поэтому зачастую теряемся в женских разговорах. Не обижайтесь, девушки!

В среднем женщины употребляют 15 тысяч слов в день, а мужчины — 7 тысяч. Исследование 2003 года, в котором участвовали студенты, показало: девушки тратили в два раза больше времени на завершение разговора в чатах и, кроме того, использовали больше эмотиконов — символов, передающих эмоции через знаки пунктуации. Самым популярным из них, конечно, был :-). Согласно антропологу Рэю Бердвистелу, положившему начало исследованиям невербальной коммуникации, люди могут принимать и опознавать около 250 тысяч выражений лиц. Невероятные цифры.

Я слышу цвета

Если я покажу вам фигуру округлой формы и другую, с острыми углами или зубцами, и скажу, что они называются «боуба» и «кики», без сомнения, вы решите, что круглая фигура — это «боуба», а остроконечная — «кики». Этот феномен, когда округлые звуки ассоциируются с круглыми формами, известен как легкая форма синестезии. Синестезия — это состояние, при котором чувства перемешиваются, как если бы провода и электрические цепи мозга скрещивались и переплетались. Такие люди могут утверждать, что они видят цвета, когда слушают музыку (как художник Василий Кандинский), или наоборот, а также описывать другие интересные комбинации. Согласно статистике, этому состоянию подвержен один человек из 20 тысяч, но считается, что их намного больше, так как многие даже не знают, что речь идет о чем-то необычном. В одном недавнем исследовании, в котором участвовали 1700 человек, каждый 23-й обнаружил у себя ту или иную форму синестезии. Некоторые эксперты соотносят синестезию с творческими способностями.

Глава 5
Внимание

Я сказал, не отвлекаться!

Многие наши мечты сначала кажутся невозможными, затем неправдоподобными, а потом, когда мы приложили все усилия, становятся неизбежными.

Кристофер Рив

Чтобы найти творческое решение проблемы, нужно уделять **внимание** всему, с чем мы встречаемся, и развивать способность сосредоточиваться на цели.

Мы работаем в среднем восемь часов в день, 50 недель в год. И каждые пять минут (24 тысячи раз в год!) открываем электронную почту, только чтобы проверить, не пришло ли какое-нибудь письмо. Не ответить, прочесть или еще что-то сделать, а лишь посмотреть. Вы тратите около десяти секунд на то, чтобы взглянуть на иконку, а затем постараться вновь сосредоточиться на прерванной работе. У некоторых, по их подсчетам, на это уходит от 30 до 180 секунд! В год вы тратите 66,6 часа только на то, чтобы посмотреть, пришло ли вам что-то новое.

Спросите себя: вам сложно поддерживать внимание, потому что вы все время отвлекаетесь на что-то постороннее? Составьте список того, что можно сделать, чтобы меньше отвлекаться (выключить телефон, не включать компьютер или не открывать электронную почту, выделить определенные часы для использования телефона или чтения сообщений, создать специальные зоны, где вас не будут беспокоить, и т. д.).

Представьте себе алфавит, состоящий из заглавных букв. Вы можете сказать, у скольких букв округлая форма? Обратите внимание на то, как вы думаете. Прежде чем вы решаете, есть ли у буквы округлые линии, она появляется в воображении. Вы заметите, что буквы появляются одна за другой, сначала А, потом Б, затем В и т. д., а не беспорядочно. Мы думаем последовательно, нам сложно эффективно уделять внимание всему сразу. Внимание обычно рассеянно. В зависимости от **намерения** мы определяем некий критерий. По нему из всего увиденного, из всех возможных переживаний мы выбираем то, чему собираемся уделить время.

ТЕХНИКА: АЛФАВИТНЫЕ ИСТОЧНИКИ

Напишите на левой половине листа алфавит.

Затем около каждой буквы подпишите имя известного человека, которое начинается на эту букву. Например, «А»: Александр Македонский, «Б»: Борис Беккер и т. д.

Представьте, как эти люди подошли бы к вашей проблеме. Ищите ассоциации и применяйте идеи.

Это стремление поможет вам добиться своей цели. **Благодаря намерению вы уделяете больше внимания вещам, которые мозгу кажутся наиболее важными**, своим целям. Критерий, выбранный в соответствии с **намерениями**, фильтрует восприятие и таким образом заставляет вас уделить энное количество времени и внимания определенной ситуации. В результате информация, полученная из этого опыта, обретает смысл и определяет ваше поведение. Если вы будете смотреть на облака и искать конкретную фигуру, например корову или воздушный шар, в какой-то момент, приложив достаточно усилий, вы увидите в облаках корову или шар — я уверен. При этом ни облака, ни ваши глаза не меняются. Единственное, что меняется, — это ваше намерение найти фигуры, и такое намерение позволяет мозгу найти искомое. Ваше сознание будет «поворачивать» и «переставлять» облака, пока не найдет корову или воздушный шар.

Намерение указывает мозгу, на что и где обращать больше внимания. Научно доказано: чем больше внимания мозг уделяет определенному стимулу, тем более сложную информацию мы можем запомнить и сохранить в памяти. Это неизменное правило: **чем больше внимания, тем лучше обучение**. На разных мероприятиях мы используем презентации PowerPoint, но стоит помнить, что после первых двадцати минут слушатели, а точнее их мозг, уже отключились. Если бы поддержание интереса на лекции или семинаре было бизнесом, мы бы потерпели неудачу в 80% случаев. Пока неизвестно, почему внимание рассеивается так быстро, однако необходимо его поддерживать для эффективной передачи сообщения. Разные сообщения или стимулы привлекают внимание, так как находят отклик в наших интересах, памяти и понимании этой темы.

Мы еще не знаем точно почему, но ясно, что интерес к определенным вещам тесно связан с тем, на что мы обращаем внимание. Интерес управляет вниманием, так как мозг беспрестанно отслеживает стимулы и, как только находит стоящий, выделяет ему место в ряду остальных. Сегодня специалисты по рекламе уверены: внимание также может порождать интерес. Представляя новый, необычный, непредсказуемый или редкий стимул, они привлекают внимание и тем самым вызывают интерес. В повседневной жизни мы используем наш предыдущий опыт (память), чтобы понять, на что обращать внимание.

СОСРЕДОТОЧЬТЕСЬ

Перед тем как начать придумывать идеи, важно ясно сформулировать творческую задачу. Ваша проблема требует максимального внимания!

УПРАЖНЕНИЕ ДЛЯ РАЗВИТИЯ ВНИМАНИЯ

В любой день недели выберите случайным образом цвет. В течение всего дня ищите этот цвет во всем, что встретите.

Выделите пять минут и напишите список всего, что можно улучшить в том месте, где вы находитесь (в поезде, комнате, офисе, на улице и т. д.). Начиная с забора для детской площадки и заканчивая дизайном вентилятора.

Выделите пять минут и придумайте (и не забывайте записывать) названия безалкогольных напитков, созданных для утоления жажды во время занятий спортом. Названия должны быть говорящими, дерзкими, забавными и т. д.

Эмоционально заряженные события

Хотя мы еще далеки от полного понимания биологии, стоящей за сознательным вниманием, одно правило нам известно: **эмоции привлекают внимание**. Эмоционально заряженное событие вы запомните намного лучше, чем нейтральное. События, насыщенные эмоциями, сохраняются в памяти дольше и с большими подробностями. Первый поцелуй, смерть любимого человека, последний день школы, несчастный случай, семейное Рождество и т. д. Одни события сопровождаются личными переживаниями, особенными для каждого человека, а другие универсальны, когда мы все чувствуем одно и то же или что-то очень схожее. Последние записаны в ДНК. Например, события, связанные с угрозами или источниками энергии (едой). Не важно, кто вы и где вы живете, вы всегда будете обращать внимание на эти стимулы: я могу это съесть? А оно может съесть меня? Я могу оставить с ней (с ним) потомство? Он (она) захочет ли размножаться со мной? Я видел это раньше? Если бы наши предки так хорошо не запоминали угрозы окружающего мира (помните леопардов?), а также где добыть еду, воду и укрыться от непогоды или остановиться на ночь, они не смогли бы передать свои гены и выжить. Мозг располагает особыми системами для поиска возможностей размножения и выявления угроз окружающей среды. Именно поэтому мы обращаем внимание на происшествия, такие как кражи и несчастные случаи.

Мозг лучше запоминает эмоциональные элементы события, чем какие-либо другие аспекты или подробности, это явление известно как «значение прежде деталей». Логически выстроенные слова запоминаются лучше (на 40%), чем те же самые слова в случайном порядке. Если установить смысл или значение одного слова на основе другого, будет легче запомнить детали. **Значение прежде деталей.**

Согласно распространенному мифу о внимании, некоторые люди, в основном женщины, владеют *многозадачностью*, то есть одновременно могут уделять внимание разным делам. Это неправда, так как мозг естественным образом сосредоточивается на одном понятии за раз, последовательно, как вы узнали из упражнения на с. 138. Очевидно, мы можем делать несколько вещей одновременно, например идти, читать и слушать музыку. Но невозможно эффективно уделять внимание двум и более занятиям так, чтобы ни одно из них не пострадало в плане понимания, результативности, реализации и т. д. Когда человек пытается одновременно заниматься несколькими делами, уделяя внимание каждому, в большинстве случаев работа прерывается. Мы мешаем себе сами, застревая в предыдущем занятии, прежде чем перейти к следующему. Люди, которые так работают, тратят на задания вдвое больше времени и совершают в два раза больше ошибок в каждом. Лучшее объяснение многозадачности — у владеющих ею очень хорошая память, и поэтому они могут уделять внимание сразу нескольким делам, но последовательно, каждому в отдельности. Классический и широко изученный пример — это разговор по телефону или отправление сообщений за рулем. Каждый раз, когда мозг переключается с одного занятия на другое, проходят доли секунды. Человек, разговаривающий по телефону за рулем, на полсекунды позднее нажимает на тормоз в экстренной ситуации. За эти полсекунды машина, едущая со скоростью 110 км/ч, проезжает 15 м. Водители, разговаривающие по телефону, не видят более 15% дорожных знаков и указателей, которые замечают внимательные автомобилисты.

И наконец, нужно знать: если мы передаем большое количество информации, не оставив времени на ее понимание и обработку, то совершаем одну из классических ошибок общения. Нас кормят до отвала и не дают времени переварить. В большинстве случаев это происходит, когда эксперты прекрасно разбираются в своей теме и забывают, что аудитории она может быть незнакома. Компетентность не гарантирует удачного общения и обучения. Многие профессора, которых мне посчастливилось слушать в Гарвардском университете, не были хорошими докладчиками. И это не только мое мнение. То же самое показывали и опросы, проводимые в конце каждого семестра.

Не пытайтесь заниматься двумя делами одновременно, лучше успокойтесь и приступите к одному из них. Когда необходимо сосредоточиться, избавьтесь от всех внешних раздражителей. Также постарайтесь предотвратить появление раздражителей внутренних, очистив разум перед тем, как приняться за проблему

Таким образом, через 10–20 минут выступления, доклада или лекции значительная часть аудитории уже витает в облаках. Эффективный способ заручиться вниманием — рассказывать эмоционально заряженные истории или примеры, чтобы восстановить нейронные связи.

ТЕХНИКА: ИСТОРИИ

Представьте: вы находитесь в далекой стране. Напишите короткую историю об этом месте. Наполните ее эмоциями. Как бы вы справились там с творческой задачей? Перечитайте в поисках ассоциаций и подсказок для решения вашей проблемы.

Вообразите, что вы живете в другую историческую эпоху. Запишите, как бы вы решили творческую задачу тогда. Перечитайте в поисках ассоциаций и подсказок.

Напишите рассказ в стиле научной фантастики на основе творческой задачи. Перечитайте в поисках ассоциаций и подсказок.

Мозг сначала обрабатывает смыслы и только затем — детали. Получая информацию, он вначале выдает общие идеи, а потом уже уделяет внимание подробностям. Для принимающего сообщение это как стакан воды в пустыне. Нас побуждают осваивать многозадачность, однако мозг не в состоянии так работать. Если мы даже попробуем, то будем чаще ошибаться и тратить на все больше времени. Самый верный способ — найти себе в течение дня «зону неотвлечения». Вы убедитесь, что успеете больше и сделаете все лучше. «Зона неотвлечения» означает отключенный телефон без вибрации. Некоторые даже вынимают аккумулятор, чтобы не поддаваться соблазну.

УПРАЖНЕНИЕ

Передвиньте одну палочку, чтобы это ложное арифметическое уравнение стало правильным.

IV = III + III

Просто, не правда ли? До 90% больных с черепно-мозговой травмой способны решить эту загадку, поместив *I* справа от *V*, чтобы получилось *VI* = *III* + *III*.

А вот другая загадка, более сложная, которую также нужно решить, передвинув всего одну палочку.

III = *III* + *III*

В этом случае всего 43% здоровых людей могут найти ответ. Большинство несколько минут изучает римские цифры, после чего сдается. Однако 82% людей с диагнозом «дефицит внимания» оказываются более догадливыми. Это уравнение представляет собой простую тавтологию: *III* = *III* = *III*. Мы не привыкли обращать внимание на математические символы (+, –, =), а сосредоточиваемся на римских цифрах. Часто усиленное внимание к проблеме отнюдь не помогает ее решить. Необходим взгляд с разных перспектив.

Если вы хотите накачать мышцы, то станете поднимать гантели. В ответ на стимул (гантели) некоторые гены активируются и начнут производить больше протеинов, что повлечет за собой наращивание мышечной массы. Именно взаимодействие со стимулом активирует и останавливает определенные гены. Без гантелей ничего не произойдет.

Нечто похожее имеет место в случае с мышлением. Нужно намерение думать нестандартно, генерировать творческие идеи. Это намерение — видеть облака в форме коров — приведет к активации определенных генов, которые начнут вырабатывать новые нейротрансмиттеры. Они в свою очередь увеличат количество связей между нейронами. Чем больше будет **необычных** и неочевидных связей, тем выше вероятность появления озарений. Кроме того, чем чаще вы это проделываете (практика), тем активнее и, следовательно, креативнее становится мозг. **Намерение активирует мозг, что позволяет порождать больше новых идей.**

Убедитесь в том, что вы на самом деле намерены лучше использовать свой творческий потенциал.

КАРТА ВАШИХ НАМЕРЕНИЙ

Напишите в центре картонки, доски или листа (это будет ваша карта) свою цель. Вокруг начните прикреплять изображения, статьи, фразы и прочие материалы, связанные с ней. Окружите идею, которую вы выбрали своей творческой задачей. Эти установки станут прекрасным стимулом для мозга.

Если нет ветра, греби.
Латинская пословица

Намеренное озарение

Предлагаю вам задачу из тех, что невозможно решить без озарения. Представьте, что вы врач-онколог и у вас есть пациент со злокачественной опухолью в желудке. Оперировать нельзя, а если не устранить опухоль, пациент умрет. Существует аппарат, генерирующий луч определенного типа и достаточной интенсивности, чтобы разрушить опухоль. К сожалению, здоровые ткани, через которые пройдет луч, также будут разрушены. Если понизить интенсивность облучения, здоровые ткани не будут повреждены, но и опухоль не будет разрушена. Творческая задача: как удалить опухоль с помощью облучения, не повредив здоровые ткани?

97% людей заключают, что эту проблему невозможно решить. Тем не менее я расскажу одну притчу. В центре некой страны стоит замок. От замка расходятся многочисленные дороги, как велосипедные спицы. Они заминированы. Генерал решил захватить замок, но не хочет, чтобы мины на дорогах уничтожили его армию и близлежащие деревни. Поэтому солдаты не могут атаковать замок, продвигаясь все вместе по одной из дорог. Но для взятия замка недостаточно одной группы, необходима вся армия целиком. Тогда генерал разделяет свои войска на небольшие отряды, располагает их на одинаковом расстоянии от замка и направляет по всем дорогам. В результате отряды атакуют одновременно, и генерал захватывает замок.

А теперь вы можете решить задачу с опухолью желудка? После притчи о замке это удается 70% людей. Понимание связи между двумя историями приводит к озарению. Аналогия приводит к ответу. Врач может поставить десять отдельных аппаратов, настроив интенсивность каждого на 10% от мощности, необходимой для разрушения опухоли. Десять лучей, направленных на желудок, разрушат опухоль, но не повредят здоровым тканям. Ключевой элемент здесь — намерение рассматривать информацию, понятия и идеи, которые кажутся не важными. Вместо того чтобы уделять внимание деталям проблемы (опухоли и облучению), мы освободили разум для поиска аналогии и отдаленных понятий. Они в свою очередь и позволили найти решение. Если вы вошли в число 70% людей, способных решить задачу после «военной» притчи, вас осенило!

Быть творческим

Несмотря на все техники, не существует идеального рецепта того, как стать более творческими. Впрочем, множество исследований о людях, совершивших прорыв и изменивших парадигму, содержит интересные выводы. Речь о тех, кто внес реальный вклад в изменение или продвижение своих дисциплин.

Мы пытаемся разложить все по категориям и чувствуем облегчение, когда понимаем причинно-следственную связь. Специалисты по творчеству провели исследование с участием 96 людей, которых их коллеги считали по-настоящему творческими. Среди них были историки, композиторы, философы, критики, поэты, архитекторы, писатели, биологи, врачи, химики, экономисты, физики, астрономы, психологи, специалисты по социальным наукам, политические активисты, бизнесмены, филантропы, изобретатели. Оказалось, что все они **физически очень выносливы**, хотя часто настолько спокойны, что кажутся бездеятельными. **Они много работают** с высоким уровнем сосредоточенности, однако сохраняют свежий взгляд и **энтузиазм** по отношению к своей работе. Иными словами, эти творческие люди необязательно гиперактивны. Они всегда готовы прислушаться к голосу подсознания. Творческие люди постоянно поглощены чем-то, но зачастую также много отдыхают и спят. Они контролируют эту энергию и не зависят от календаря, часов или начальника. При необходимости творческие люди моментально могут сосредоточиться — перезарядить батарейки — и работать дальше. Другое парадоксальное качество — это то, что им удается **сочетать игру и дисциплину**, ответственность и безответственность. Эти люди вырабатывают легкое, игровое отношение к работе. В то же самое время они настойчивы и ясно понимают, что должны много и тяжело трудиться, прежде чем возникнет новая идея или произойдет озарение. К тому же им необходимо преодолевать препятствия, которые неизменно встречает на своем пути творческий человек. Считается, что музыканты, писатели, поэты и художники обладают огромным воображением и фантазией, в то время как ученые, политики и бизнесмены — скорее, реалисты. Это верно, если рассматривать их повседневную работу. Тем не менее, когда речь идет о творческом подходе, художник может быть не меньшим реалистом, чем физик, а тот — продемонстрировать столько же воображения, как живописец. Кроме того, гипертворческие люди склонны быть то экстравертами, то интровертами. Иногда им хочется показать себя, а временами — быть в стороне от гущи событий. Также они одновременно скромные и гордые. Часто творческие люди настолько поглощены будущими проектами или проблемами настоящего, что все их прошлые заслуги кажутся им не столь интересными. **Они получают намного больше удовольствия от процесса, чем от результата.** Обычно их считают бунтарями и не признающими авторитетов, но невозможно выделиться среди остальных, не изучив ранее область, в которой тебе предстоит творить. В творческих людях сочетаются традиции и консерватизм с мятежным духом. Традиции редко приводят к переменам. Тем не менее они необходимы для инсайтов, когда творческие люди идут на риск, порывая с ними. Все эти люди **одержимы своей работой**, любят свое дело. Работа без страсти перестает их увлекать, и, следовательно, становится меньше возможностей проявить творческие способности. **Творчеству необходима цель.** Возможно, главная черта всех творческих людей — способность наслаждаться процессом. Они действуют исключительно из-за удовольствия от процесса, а не ради результата или цели. **Получать удовольствие** очень важно для всех, кто занимается творчеством.

Помните: вне зависимости от того, разделяете вы или нет эти качества, установки или реакции на разные стимулы, можно развить творческое мышление при помощи техник, описанных в этой книге.

Отложите книгу и выберите три или четыре предмета, которые находятся рядом с вами. Как бы вы использовали эти предметы или ассоциации с ними, чтобы сделать эту книгу лучше?

Три приоритета (3П): чем быстрее мозг поймет, какую задачу нужно решить, тем быстрее проявятся творческие способности.

Запишите три приоритета в жизни, для которых необходим творческий подход. Когда вы путешествуете, слушаете музыку, читаете или разговариваете с незнакомцем, ищите связи с вашими 3П. Это как выйти на охоту в поисках чего-то, относящегося к твоим приоритетам. Не нужно искать ассоциации немедленно: 3П — это не мечты или амбиции, не список проектов. Это, скорее, сачок, которым мы ловим новые идеи и озарения.

Энергия интереса

Творчество не всегда ведет к известности, славе или богатству. Но благодаря ему повседневный опыт становится более ярким, вы получаете удовольствие и чувствуете себя поощренным. Когда в жизни появляется больше творчества, скука обычно пропадает. Каждый момент несет в себе обещание открыть что-то новое, необычное. Даже если эти открытия не обогатят мир. Творчество не только украшает повседневную жизнь, но и приближает нас к процессу эволюции. Как мы уже убедились, у каждого человека есть потенциал для более творческой жизни.

Но повседневные заботы мешают его раскрыть. Многие устают, так как ежедневно от них требуют слишком многого. У нас слишком много проблем, чтобы еще изыскивать энергию для творчества. Некоторые чересчур легко отвлекаются и с трудом учатся чему-то новому из-за того, что все энергетические каналы уже задействованы. Другая опасность — это лень и отсутствие дисциплины при контроле энергии, которую мы можем выделить для творчества. Многие вовсе не знают, что делать с той энергией, которая есть.

Для того чтобы направить энергию в творческое русло, нужно выделить время, когда вы могли бы в течение дня или недели сосредоточиваться на разных отвлеченных вещах. Это вдохновит на создание новых идей.

Львиная доля нашего внимания затрачивается на внешние потребности. Мы не можем ждать от человека, совмещающего две работы, или от работающей матери достаточной умственной энергии для творчества. Несмотря на это, зачастую препятствия находятся внутри нас самих. Когда мы настроены на защиту, почти все внимание обращено на поиск угроз. Масса внимания уделяется эгоцентрическим целям. Нам всем необходимо заботиться о себе и удовлетворять потребности, но для многих понятие необходимости раздуто до космического размера и превращается в навязчивую идею. Когда человек видит, думает или делает что-то, связанное исключительно с его личным интересом, у него не остается внимания и энергии на то, чтобы научиться новому и стать более открытым и творческим. Очень сложно демонстрировать творческие способности, если вы страдаете от голода или холода, так как вся энергия уходит на удовлетворение этих основных потребностей. Точно так же богатому и известному человеку сложно проявлять творческие способности, если все его время уходит на приобретение еще больших денег и славы.

Для того чтобы высвободить творческую энергию, придется ненадолго обуздать этот постоянный поиск целей. Гены, с одной стороны, и мемы — с другой, запрограммировали нас на бесконечный поиск. Нужно использовать освободившуюся энергию для изучения мира. Чтобы жизнь стала более творческой, **следует использовать внимание для развития любопытства и интереса**, уделять его вещам ради них самих. Именно это делают дети. Их любопытство — как лазерный луч, постоянно указывающий на разные места и направляющий внимание на все, что дети видят и что находится в пределах их досягаемости. Творческие взрослые часто похожи на детей: им все любопытно. Многие и в 90 лет получают удовольствие от всего нового, странного и неизвестного.

СОВЕТЫ ДЛЯ ТЕХ, У КОГО НЕ РАЗВИТО ЛЮБОПЫТСТВО ИЛИ КТО НЕ ПРИВЫК ИНТЕРЕСОВАТЬСЯ НОВЫМ

Постарайтесь сделать так, чтобы каждый день вас удивляло нечто новое. Это может быть нечто увиденное, прочитанное или услышанное. Например, посмотреть по-новому на припаркованные машины, попробовать новое блюдо в ресторане, по-настоящему прислушаться к коллеге по работе, действительно его услышать. Не нужно заведомо считать, что мы все знаем. Даже если нам действительно многое известно, пытаться не думать об этом, а постараться воспринимать все, как впервые. Проникнуть в суть вещи, а не останавливаться на наших знаниях о ней.

Попробуйте удивить кого-нибудь. Скажите ему нечто необычное, неожиданное. Поделитесь мнением, которое никогда раньше не осмеливались выразить. Задайте какой-нибудь нетипичный вопрос. Нарушьте привычный ход вещей, пригласив этого человека в ресторан, театр или музей, где вы никогда не были.

Записывайте каждый день, что вас поразило и как вы удивили кого-нибудь. Через несколько недель ведения таких записей перечитайте их. Вы заметите определенную закономерность, отметите темы, которые интересуют больше других. Возможно, даже найдете область, которую захотите исследовать более глубоко.

Если что-то пробуждает интерес даже в самой малой степени, займитесь этим. Исследуйте, что бы ни привлекло ваше внимание: песня, идея, ресторан. Обычно мы слишком заняты, чтобы изучать то, что интересно. Возможно, вы считаете: это не для меня, это не так важно, у меня нет времени. Все равно займитесь исследованиями. Окружающий мир — это ваше время, это ваше дело, это ваша работа.

Все малыши любопытны, поэтому у них много энергии и интереса и они более творческие. Как мы уже знаем, позднée это качество атрофируется, особенно при поступлении в школу. Но можно постепенно вновь загореться любопытством и превратиться в любознательного человека или, скорее, вернуть себе это природное качество. **Любопытство дарит больше возможностей для творчества.**

ИЗБАВИТЬСЯ ОТ РУТИНЫ

Зачастую рутина становится врагом творчества. Внесите изменения в распорядок дня. Составьте список того, что вы делаете по привычке, всегда одинаково. Обычно занятия из такого списка делают жизнь немного комфортнее и исполняются почти бездумно.

Выделите в этом списке дела, которыми занимаетесь исключительно по привычке.

Попробуйте немного изменить то, как вы их делаете, в течение недели, дня или месяца.

Например, отправьтесь на работу или учебу другим путем, измените часы сна и работы, начните читать другую газету, познакомьтесь с новыми людьми, вместо чая пейте сок, сходите в другой ресторан, вместо душа примите ванну с пеной, посмотрите другую программу по телевизору и т. д.

Вернуть любопытство

Любопытство — это наша самая большая сила.

Джеймс Кэмерон

Иногда вопросы очень сложны, а ответы до боли просты.

Доктор Сьюз

Каждое утро ставьте перед собой определенную цель. Не важно, незначительную или глобальную. Главное, чтобы еще с вечера у вас было желание проснуться и начать ее добиваться.

Многие чувствуют, что их действия не имеют никакого смысла. Большинство живет на автопилоте. Но если задаться целью, мы можем найти хотя бы одну вещь, ради которой стоит просыпаться. Это может быть стремление познакомиться с кем-то, сделать подарок близкому человеку, посадить дерево, убраться на столе, написать письмо, померить новую одежду и т. д. Через некоторое время вы будете с радостью просыпаться по утрам. Пробуждение по утрам станет казаться привилегией, а не кошмаром. Попробуйте иначе подойти к такой повседневной рутине, как почистить зубы, позавтракать, одеться, принять душ и т. д. Качество опыта увеличивается пропорционально вложенным усилиям. **Делая что-то и притом хорошо, вы получаете от процесса больше удовольствия.** Меняйте отношение к рутине, и снова начнете наслаждаться повседневными делами.

Увеличивайте сложность своих занятий. Когда вы каждый день делаете одно и то же, через некоторое время без появления новых возможностей это наскучит. Совершенствуйте, расширяйте свою задачу или выполняйте ее все лучше и лучше. Чем больше вы знаете о своей работе, тем сложнее она становится, но в то же время и интереснее. Так вы снова заинтересуетесь ею и вернете любопытство. Вы высвободите творческую энергию, которую должны оберегать изо всех сил.

Начните по-настоящему распоряжаться своим днем. Я понимаю: для многих, кто работает по 8–10 часов в день, это очень сложно. Я имею в виду небольшую корректировку, которая позволит высвободить чуть больше творческой энергии. Проснуться или лечь спать чуть раньше или чуть позднее, сесть на другой автобус, прогуляться перед работой, пройтись по незнакомым улицам… Я так делаю, и это работает.

Пусть повседневные дела сочетаются с суточным ритмом. Когда вам удобнее всего есть? Или спать? Или идти на работу? Необязательно обедать в полдень, можно поесть позднее. Речь идет о том, чтобы определить и наилучшим образом согласовать свое идеальное расписание со стилем жизни. Конечно, большинство людей чрезвычайно заняты в течение дня, и многие из дел нельзя перенести. Но я уверен: на самом деле время — более гибкое понятие, чем кажется. Вопрос лишь в том, чтобы пробовать, согласиться на эти небольшие изменения.

Выделите время на размышления и релаксацию. Люди, которые кажутся непогрешимыми и ответственными, похожи на гоночные машины: они не останавливаются ни на минуту. Это делает их более беспокойными, раздражительными, они всегда заняты работой и всегда ищут, что бы еще сделать. Такая постоянная занятость плохо отражается на творчестве. Нужно выделить время в течение дня, недели или года для «перезагрузки». Приглядитесь к тому, чем занимаетесь, куда направляетесь. Это время не появляется волшебным образом. Ни начальник, ни супруга или супруг не могут вам его навязать, — это только ваше решение. Это время не роскошь, а необходимость. В инновационных компаниях сами владельцы или начальники заставляют своих сотрудников выделять такое время. Людям сложно это сделать, потому что «никогда» нет времени. Тем не менее значительная часть успеха этих организаций в областях изобретений и инноваций вырастает из таких вот моментов размышления и релаксации сотрудников. Мы ведь знаем: отдых — лучший способ стимулировать в мозгу появление озарений.

Ни постоянный стресс, ни однообразие не способствуют творчеству. Вам нужно чередовать периоды тревоги — некоторое волнение также помогает лучше функционировать — и время расслабления. Это необязательно означает совсем ничего не делать: расслабиться можно, занимаясь рутинными, повседневными делами.

РЕЛАКСАЦИЯ

Вот некоторые малоизвестные техники расслабления для любого, у кого нет желания учиться медитации или ее практиковать: закройте глаза, дышите медленно и глубоко и начните обратный отсчет от десяти до одного. Представьте, что на горизонте висит синий воздушный шар, и посмотрите на него. Поместите все свои волнения внутрь шара. Когда вы его заполните, вообразите, что веревка развязалась и он поднимается. Смотрите, как он медленно скользит по воздуху вдаль. Вам не нужно ничего больше делать. Просто наблюдайте, как шар вместе со всеми вашими переживаниями улетает далеко-далеко.

В 2009 году Клейтон Кристенсен, профессор Гарвардской школы бизнеса, опубликовал интересное исследование, занявшее шесть лет. В нем участвовали 3000 топ-менеджеров и 500 предпринимателей, деятельность которых связана с инновациями. Ученый сделал два главных вывода.

1. Творческие люди отличаются от остальных пятью качествами. Они **лучше и чаще ассоциируют** понятия, которые на первый взгляд никак не связаны (концептуальное смешение). Такие люди **всем интересуются**, а любознательность — это основа любого творчества (см. следующую технику). Они обладают **высоким уровнем концентрации и внимания** (намерение и внимание), наблюдая за окружающим миром и представляя, что в нем можно изменить. Эти люди **экспериментируют без страха** потерпеть неудачу, выделяя время на поиск наилучшего решения (удовольствие). Также они находят людей, отличающихся от них, которые ставят под сомнение их идеи и расширяют их горизонты (перспективы).
2. На 80% творчеству можно научиться. Добавив в свою повседневную жизнь техники для развития творчества (такие, как приведены в этой книге), вы сможете увеличить свои творческие способности на 20–50%.

ТЕХНИКА: ВОПРОСЫ

Большинство научили не ставить под сомнение авторитеты, в особенности на работе, в школе или семье. Из-за этого мы редко задаем правильные вопросы. Чтобы добиться свежего взгляда и развить в себе любознательность, необходимо постоянно во всем сомневаться. Сделайте это частью повседневной жизни.

Почему? Этот вопрос помогает понять настоящее положение вещей, поставить под сомнение общепринятое мнение.

Почему у входа в кинотеатр всегда длинная очередь? Почему люди ждут дождя, чтобы купить зонт? Почему принято работать 40 часов в неделю? Почему наши конкуренты обходят нас со своим новым продуктом? Почему закрыли любимую телепередачу?

Что, если?.. Помогает исследовать новые возможности, представить, что будет с миром, если вы что-то измените или воплотите в жизнь новую идею.

Что, если мы будем продавать абонемент, а не разовый продукт? Что, если в этом году биржа вырастет на 15%? Что, если количество полицейских в городе увеличится в два раза? Что, если наша компания откажется от собраний? Что, если снизить возраст продажи алкоголя до 15 лет?

Почему нет? Этот вопрос поможет понять ограничения и факторы, стоящие на пути позитивных перемен.

Почему не так много медбратьев? Почему сотрудники нашей компании не разделяют спорные идеи? Почему бы не предложить клиентам бесплатную мойку машины, если они покупают ее у нас?

ПЯТЬ «ПОЧЕМУ», ЧТОБЫ ДОБРАТЬСЯ ДО СУТИ ПРОБЛЕМЫ

1. Почему люди предпочитают картошку фри конкурентов, а не нашу? Потому что она вкуснее.
2. Почему она вкуснее? Потому что их приправы лучше наших.
3. Почему их приправы лучше наших? Потому что их шеф-повар лучше.
4. Почему наш шеф-повар хуже? Потому что мы считали не важной смену шеф-повара, и вот уже двадцать лет у нас работает бездарный сотрудник.
5. Почему мы до сих пор не наняли нового шеф-повара? Потому что никто не осмеливался предложить это владельцу.

УДИВИТЕЛЬНЫЙ ОТЧЕТ

Составьте список вопросов, отражающий удивительные аспекты вашей творческой задачи. Прочитайте его и перечитайте. Наверняка вы найдете что-то вдохновляющее.

ТЕХНИКА: 20 ВОПРОСОВ

Как только вы сформулировали свою творческую задачу, в течение месяца каждый день десять минут без остановки записывайте все вопросы, которые приходят в голову относительно нее. С течением времени вопросы станут радикально меняться и дадут более глубокое понимание темы. Кроме того, вы лучше сосредоточитесь.

ПОЧЕМУ? КТО? ЧТО? КОГДА? ГДЕ?

Вспомните свою творческую задачу.

Можете точно и эффективно ответить на эти пять вопросов?

Если вы готовы воплотить в жизнь свою идею, начните с вопроса «как?».

Тренируем внимание

Тренировать интерес, внимание и осознанность очень важно для обучения, раскрытия творческого потенциала и озарений, то есть для творчества. Есть огромное количество разных техник, которые приводят к физиологическим и психологическим изменениям в теле и мозге. Многие техники опираются на философские учения с тысячелетней историей. Каждый из этих подходов берет за основу относительно простую ежедневную практику. Во время упражнений можно сосредоточиться на чем-то внутри, например на своем дыхании или сердцебиении, или же на чем-то внешнем, например на звуках, музыке или каком-либо предмете. Некоторые упражнения сочетают и то, и другое. На собственном опыте могу сказать: для тренировки такого свойства сознания, как внимательность, требуется приложить усилия. По мере приобретения навыков стараний требуется все меньше, и вы автоматически начинаете сосредоточиваться на упражнениях. Если вам хватит дисциплинированности заниматься каждый день, результаты поразят. И, конечно же, нужно следовать рекомендациям людей, которые помогают в тренировках.

Выше шла речь в основном о восточных практиках. Возможно, европейцам ближе активная тренировка внимания. Многие упражняются во внимательности, даже не подозревая об этом: во время занятий спортом, любимым делом или играми на свежем воздухе. Особое внимание мы уделяем занятиям, характеризующимся новизной, скоростью и при которых мы сосредоточиваемся без усилий. Например, если вы бегаете в гористой местности, нужно внимательно следить за дорогой, постоянно менять скорость. Неизвестно, что ждет за следующим деревом или камнем. Кроме того, сосредоточенность на своих мыслях возникает от осознанного повторения действий в знакомой среде. Вы ослабляете бдительность по отношению к окружающему миру, нет необходимости держаться настороже. Вас как будто несет по течению. Примером такой деятельности может служить бег по прямой дороге или по беговой дорожке. В любом случае хорошая физическая тренировка гарантирует также тренировку внимания. Со временем эти психофизиологические изменения не только влияют на здоровье, но и помогают достичь **душевного благополучия**. Тем, кто занимается спортом, в голову приходит много идей во время тренировок.

Мы также можем упражнять внимание, вообще не двигаясь. Для этого существует специальная ментальная практика осознанности (*mindfulness*), позаимствованная из буддизма. В рамках книги я опишу только практическую, а не догматическую сторону этого понятия. Осознанность — это не поиск перемен, а совсем наоборот. От нас требуется быть собой, иметь то, что есть, в каждый момент времени чувствовать, что существуешь именно здесь и сейчас. Вместо того чтобы сосредоточиться и исключить ненужное, необходимо успокоиться и обратить внимание на что-то неизмеримо малое, как дыхание. Затем постепенно открывать свои чувства всему вокруг. Сложность этой практики в том, что нужно отпускать каждое новое ощущение и мысль, чтобы все время возвращаться к своему дыханию и настоящему моменту. Вы, скорее всего, будете злиться оттого, что не можете контролировать внимание. Именно это происходит со мной, когда я представляю себе отбивную с картошкой, которую ел на ужин. Но вскоре придет понимание: это нормально и даже правильно, чтобы мысли блуждали. Вы перестанете считать это чем-то хорошим или плохим. Просто именно так и работает мозг. Не сопротивляйтесь, откройтесь этому ощущению, примите его и восстановите ритм дыхания.

И наконец, я хотел бы посоветовать вам трансцендентальную медитацию. Эту технику более 50 лет назад разработал Махариши Махеш Йоги. Сегодня считается, что ежедневно ею занимается более пяти миллионов человек. Это адаптация медитации с мантрами (звуками), которая восходит к ведическим традициям. В трансцендентальной медитации каждому его собственную мантру подбирает инструктор. Концентрация на ней и повторение дают состояние покоя. В 1979 году исследование психолога Элиса Торренса показало: практиковавшие трансцендентальную медитацию проявили больше творчества в решении разнообразных задач, чем контрольная группа (то есть те, кто не медитировал). Эта практика улучшает настроение и способность противостоять страху и неизвестности.

Польза обоих подходов — активной тренировки внимания и трансцендентальной медитации — подтверждается тысячами научных публикаций. Я открыт новому, однако к спиритуализму отношусь довольно скептически. Практики, в которые я верю и которые рекомендую, прежде всего должны помогать мне самому.

Глава 6
Эмоции

Ах, эмоции!

Наши переживания связаны с лимбической системой мозга. Она устанавливает эмоциональные отношения с мыслями, предметами, людьми и событиями. Каждое мгновение эта система рассказывает об ощущениях, обусловливая поведение и управляя им, зачастую на подсознательном уровне. Без полноценной лимбической системы мозг бы плохо функционировал. Вы бы проснулись и встали с кровати, но после этого, скорее всего, так и остались бы без движения. В каждый момент перед нами встает выбор. Однако ни времени, ни энергии на то, чтобы логически обработать все возможные действия, не хватает. Может, позавтракать? Что бы съесть на завтрак? Вообще нужно ли мне поесть? Или лучше поспать подольше? И так далее. Небольшие решения, которые мы принимаем каждый день, значат намного больше, чем кажется на первый взгляд.

Авторитетные ученые Эвиан Гордон и Лея Уильямс создали модель под названием *integrate*, согласно которой все, что мы делаем в жизни, основано на стремлении мозга **уменьшить опасность или увеличить поощрение**. Это **принцип организации мозга**. Лимбическая система обрабатывает данные органов чувств и указывает, на какие из стимулов стоит обратить внимание и каким образом. Любопытство, счастье и радость — это эмоции, побуждающие нас познакомиться с этими стимулами поближе, в то время как тревога, грусть и страх предостерегают: «Отойди отсюда подальше». Избегайте того, что тревожит, и стремитесь к тому, что радует. Те стимулы, которых мы избегаем, — первичные угрозы: голод, тигр, лицо с грозным выражением, сильная жара. Все, помогающее нам выжить, — первичное **подкрепление**: еда, деньги, секс, а также просто знакомое лицо. Другими словами, мозг постоянно обрабатывает стимулы, раскладывает их на категории «отойди» или «подойди поближе» и в соответствии с ними определяет наше поведение.

Обычно эти решения принимаются автоматически за полсекунды. В результате мы осознаем действие, которое уже решили предпринять. Эта система реагирует более активно, когда замечает опасность, чем когда предугадывает подкрепление. Кроме того, реакция в ответ на угрозу более быстрая, продолжительная, и ее сложнее отменить по сравнению с реакцией на подкрепление. Печаль бесконечна, а счастье недолговечно.

Если вы представляете кому-то свою идею и в какой-то момент этот человек говорит: «Да, но...», следует сразу же превратить это в «да, и...».

Когда кто-то говорит вам: «Это не сработает», быстро найдите три варианта того, как это сработает.

Если кто-нибудь утверждает: «Это невозможно», придумайте три способа, как вы это сделаете.

Лимбическая система включается в человеке в зависимости от ситуации, но, кроме того, у каждого есть уникальные кнопки. Они отсылают к прошлому опыту и помечены как опасные. Когда источник этого опыта или что-то похожее появляется в вашей жизни, одновременно возникает реакция. То, насколько сильно мы реагируем, зависит от уровня опасности, определенного для оригинальной ситуации. Как говорится, «обжегшись на молоке, дуешь на воду».

Если лимбическая система перегружена реальными или воображаемыми опасностями или подкреплениями, мозг буксует. Зачастую мы не осознаем сбой в его работе. Даже можем быть уверены в своей правоте. Например, когда происходит что-то пугающее, уровень адреналина поднимается, и вместе с ним усиливается концентрация. Это в свою очередь вселяет в нас уверенность в решениях. На самом деле наша способность принимать решения ограничена. Перегрузка лимбической системы также сокращает ресурсы, доступные для работы префронтальной коры. На пять главных функций префронтальной коры — понимать, принимать решения, запоминать, вспоминать и подавлять мысли — выделяется меньше глюкозы и кислорода.

Работа префронтальной коры нарушается даже от вида сердитых смайликов вместо радостных в электронном письме

Лимбическую систему чрезвычайно легко перегрузить, влияя тем самым на работу префронтальной коры. Кроме того, ограничивается способность переживать и понимать происходящее. Мы начинаем сильнее реагировать на негатив, меньше рисковать, видеть отрицательные стороны вещей и выстраивать больше связей там, где их на самом деле нет. Настоящая паранойя, что уж там.

ТЕХНИКА УОЛТА ДИСНЕЯ

Что делал Уолт Дисней? Столкнувшись с творческой задачей, он три раза менял перспективу. Дисней представлял себя в трех разных ролях и пытался применить отношение каждого из своих персонажей к проблеме.

День 1. Перспектива мечтателя: позвольте своему воображению парить, не беспокоясь о том, как воплотить придуманные идеи.

День 2. Перспектива реалиста: спуститесь на землю и постарайтесь понять, как реализовать на практике то, что создало ваше воображение.

День 3. Перспектива критика: задавайте вопросы и ищите слабые места вашей идеи.

Пример.

Я менеджер группы, и моя творческая задача — «чтобы сотрудники чаще приходили в мой кабинет, так как я хочу знать, как они себя чувствуют и как работают».

День 1. Перспектива мечтателя: летающие стулья. Сотрудники могли бы садиться на них в коридоре компании и прибывать ко мне по воздуху.

День 2. Перспектива реалиста: летающие стулья на сегодня невозможны. Может, мне стоит купить более удобные стулья, чтобы сотрудники чаще ко мне заходили?

День 3. Перспектива критика: сколько будут стоить такие стулья? А что, если сотрудники захотят забрать эти стулья в свои кабинеты? А вдруг они расслабятся настолько, что перестанут обращать на меня внимание? И так далее.

Регулируем свои эмоции

Классическая ошибка многих — думать, что в стрессовой ситуации лучше подавлять чувства. Джеймс Гросс, профессор Стэнфордского университета и специалист по регуляции эмоций, выделяет три варианта, как избежать эмоциональной перегрузки.

1. Выбор ситуации: если у вас плохо получается представлять проекты начальнику или клиенту, лучше этого не делать.

2. Изменение ситуации: если вам ничего другого не остается, кроме как представить проект начальнику, измените ситуацию каким-либо образом (например, лучше подготовьтесь).

3. Отвод напряжения: представляя свою идею начальнику, постарайтесь перенаправить волнение, напряжение и нервозность. Вы начнете нервничать и не сможете этого избежать. Но урон будет меньше, если вы будете знать, что так произойдет, и смиритесь с этим.

Эти варианты прекрасно работают до тех пор, пока не появятся эмоции. Что же делать, если они уже вас накрыли? Есть два выхода. 1) **Выразить эмоции.** Если грустно, плачьте, как ребенок, хотя, конечно, в некоторых ситуациях это невозможно. 2) **Изменить восприятие**: уже попав в неприятную ситуацию, вы все еще можете по-другому к ней отнестись. Нужно **назвать или переименовать эмоцию**, то есть пересмотреть свою интерпретацию происходящего.

Джеймс Гросс выяснил, что люди, пытавшиеся подавить негативный эмоциональный опыт, терпели неудачу. Попытка «не чувствовать» не просто сложновыполнима, но и может оказаться вредной. Если вы пытаетесь подавить эмоции перед кем-то, у этого человека повышается кровяное давление. Он ожидает определенной реакции, однако не получает ее. То есть попытка подавить эмоции в буквальном смысле заставляет человека рядом с вами почувствовать себя неуютно.

Назвать эмоцию. При помощи магнитно-резонансной томографии профессор Мэтью Либерман установил, что у участников эксперимента значительно снижалась активность в амигдале, когда они называли или описывали эмоции. Проговаривая свои чувства, эти люди снимали эмоциональную нагрузку. Давая название эмоциям, вы активируете область мозга, отвечающую за остановку или подавление мыслей. Чем мы меньше думаем, тем меньше перегружается мозг. Это доказывает, насколько люди ошибаются, когда думают, что ухудшают ситуацию, разговаривая о своих чувствах. Описание эмоции одним-двумя словами помогает сгладить ее. Такая практика, вначале осознанная и умышленная, со временем становится автоматической. Мозг начинает **приспосабливаться**, каждый раз все лучше справляясь с эмоциями.

Преобразовать эмоцию. Для этого существует четыре техники, подходящие для разных ситуаций. 1) *Переосмыслить* событие или происшествие. Во время процесса переосмысления вы определяете, есть ли угроза или опасность миновала. 2) *Нормализировать*, то есть осознанно описать разные эмоции, которые вы чувствуете во время перемены в жизни, чтобы снизить угрозу. Новая работа сначала меня напугает, потом вселит неуверенность, затем я почувствую ностальгию и т. д. 3) *Изменить порядок информации* или поменять приоритеты. Если работа, например, занимает в вашей иерархии первое место, но вскоре у вас появится ребенок, скорее всего, он ее потеснит. Таким образом, отрицательные эмоции по поводу работы будут одолевать реже. 4) *Поменять положение*, то есть поставить себя на место других людей, чтобы с их точки зрения взглянуть на происходящее. Обычно у нас есть устоявшиеся представления о том, что происходит вообще и с нами в частности. Отказаться от них трудно, поэтому эта техника самая сложная.

Без сомнения, любой из приемов преобразования эмоций прекрасно работает, если нужно совладать с собой и избежать перегрузки лимбической системы. Люди, использующие эти техники, более удовлетворены жизнью. Так что не будем отставать!

Эмоции и чувства

Давайте ненадолго перестанем размышлять о смысле своего существования, и мы придем к выводу: именно эмоции — самая важная часть внутреннего мира. Эмоции делают жизнь сто́ящей и иногда, к сожалению, становятся причиной ее конца. Потому этот феномен интересует многие дисциплины: от философии до неврологии, психологии, эволюционной биологии и даже экономики.

Еще со времен Древней Греции люди привыкли разделять рассудок и страсть, разум и чувство, когнитивное и эмоциональное. Платон говорил, что страсти, желания и страхи мешают нам мыслить. Даже правовые системы рассматривают преступления на почве страсти не так, как остальные, например предумышленные. Таким образом, эмоции — это наиболее личное, специфическое из человеческих проявлений. Они выражают картину мира каждого из нас и в некоторых случаях определяют наше субъективное состояние.

Эмоции кажутся осознанными чувствами, но это лишь физиологический ответ на различные стимулы. Они предназначены для того, чтобы как можно дальше отвести нас от опасности или, наоборот, приблизить к ситуациям, обещающим подкрепление или удовлетворение потребностей. Эмоции возникают постоянно, и бо́льшую часть времени мы их даже не замечаем. В мозге происходит своего рода двустороннее движение между лимбической системой и корой головного мозга. Так разум и эмоции «общаются». Благодаря этим связям мы осознаем большинство эмоций. Но в то же время это двусторонний процесс, и осознанные мысли могут влиять и влияют на эмоции. Словами «у меня мозг кипит» мы показываем, насколько сильно наши мысли отражаются на чувствах. Доведенное до крайности, это «накручивание» может привести, например, к паническим атакам. Каждая эмоция производится отдельными сетями в разных областях мозга, в том числе в гипоталамусе и гипофизе. Эти две области контролируют производство гормонов, которые отвечают за физические реакции, например усиление сердцебиения или мышечные сокращения.

Лимбическая система, выстраивающая эмоциональное поведение, в значительной степени сохраняется у многих видов на протяжении эволюции. Все эти виды, в том числе и наш, должны отвечать определенным биологическим критериям, чтобы выжить в мире и передать свои гены через поколения. Для этого нужно по меньшей мере добыть пропитание, защититься от непогоды и опасностей окружающей среды, а также оставить потомство. Это справедливо для всех: насекомых, гусениц, рыб, крыс, лягушек, людей. У каждого вида есть нейронная система, которая обеспечивает выполнение этих задач. А у позвоночных — рыб, амфибий, рептилий, птиц и млекопитающих — также присутствует нейронная система, ответственная за эмоциональное поведение.

Как было сказано выше, мы в основном не осознаём свои эмоциональные реакции. Фрейд был прав во мнении, что сознание — это лишь верхушка мыслительного айсберга. Мы представляем себе эмоции как осознанный **опыт**. Тем не менее, если изучить любую эмоцию, видно, что этот осознанный эмоциональный опыт — только элемент системы, и даже необязательно существенный. Например, для влюбленного важно только его чувство. Но, если попробовать разобраться, что это за переживания, почему они возникают, откуда появляются и почему некоторые способны получать и дарить больше любви, чем другие, само чувство отойдет на второй план как незначительная часть эмоциональной системы.

Итак, все, что касается эмоций, кажется одновременно очевидным и таинственным. Речь идет о состоянии мозга, которое мы понимаем и знаем лучше всего. Тем не менее часто неясно, почему и откуда появились те или иные чувства. Они могут нахлынуть внезапно или постепенно, могут быть невероятно яркими или блеклыми. Мы не знаем, почему просыпаемся в дурном настроении. Возможно, эмоции — сама наша суть, но часто кажется, что у них своя программа. Они направляют нас и заставляют чувствовать, а мы не понимаем причину. Безусловно, сложно представить себе жизнь без эмоций. Мы живем ради них и стараемся все сделать, чтобы переживать больше моментов счастья и радости и, конечно, избежать тревог, печали, разочарований и боли.

ТЕХНИКА: ПРЯМЫЕ ПРОТИВОПОЛОЖНОСТИ

Представьте творческую задачу и опишите ее.

Напишите, что было бы, если бы у вас были неограниченные ресурсы: деньги, время, работники, техника — все что угодно.

Напишите, как бы вы поступили, не имея никаких ресурсов.

Попробуйте сопоставить эти списки и посмотреть, что получится.

Пример.

Творческая задача: быстрее добираться до работы.

Любые ресурсы: я бы летал на вертолете и приземлялся на крыше офиса.

Никаких ресурсов: у меня нет денег, значит, я бы шел пешком, и мне пришлось бы выходить из дома за два часа до начала работы.

Сопоставление: ....

Ученые пока не дали универсального определения эмоциям. Их можно объяснить и охарактеризовать по-разному, есть даже взаимоисключающие определения. Один из самых простых вариантов — считать их состояниями тела, которые обусловлены поощрением и наказанием. Подкрепления, без сомнения, подразумевают нечто приятное. К ним стремятся люди, а иногда и животные, и для их достижения каждый раз прилагают все больше усилий. Наказания в свою очередь — это то, чего избегают. Только когда человек осознаёт свои эмоции, он ощущает то, что мы называем чувствами. Узнавание эмоций — важный аспект сознания. Одни полагают: эмоции — это просто реакции, которые эволюционировали как часть сложного процесса выживания в мире. Вторые описывают эмоции как умственное состояние, которое возникает благодаря нашей способности фиксировать происходящее вокруг. Третьи считают, что это социальные конструкции. В конечном счете все понимают, о чем говорят, когда речь идет об эмоциях, однако дать им определение не так просто. Общепризнанна классификация эмоций по трем критериям: валентности (положительной или отрицательной), влиянию на активность (стенические и астенические) и интенсивности. В наше время люди в основном переживают эмоции (вину, стыд, благодарность, ревность) в рамках социального контекста. Самое важное в **эмоциях** — и многие этого не знают — то, что все они побуждают к действию, **определяют поведение**.

В 1990-х годах доктор Леду показал, что амигдала сохраняет эмоции. Она обладает способностью удерживать в памяти разные ощущения, неосознанно переживаемые в течение жизни. Прямая и быстрая связь между таламусом и миндалевидным телом позволяет ему незамедлительно получать все сигналы, обработанные органами чувств. Благодаря этой мгновенности амигдала реагирует еще до того, как кора головного мозга проанализирует информацию. Иными словами, пока префронтальная кора регистрирует эмоции, миндалевидное тело, уже получившее все стимулы по своего рода супермагистрали, выдает почти моментальную и автоматическую реакцию: засмеяться, начать драку, убежать, заплакать. Четверть секунды спустя эта информация достигает коры головного мозга. Там она оценивается более тщательно, исходя из контекста, и готовится рациональный план действий. Если оценка коры совпадает с мгновенными реакциями амигдалы, тело продолжает выполнять те же действия. Но если этот анализ показывает, что лучше отреагировать по-другому, например вербально, а не физически, — тогда кора посылает гипоталамусу команду сгладить ситуацию, то есть «выключить» миндалевидное тело. В 2004 году исследования подтвердили, что именно амигдала «производит» чувства страха и раздражения. Она порождает две типичные реакции на страх: замереть на месте или убежать. Это часто происходит в опасной для жизни ситуации, и чувство самосохранения побеждает разум. Когда мы убегаем от грабителя, мы действуем нерационально, рискуя получить пулю. Также амигдала заставляет нас испытывать «естественный» страх перед определенными стимулами, например, когда рядом пролетает птица либо появляется паук или змея. Кажется, некоторые эмоции родились с нами. Это очевидно, если посмотреть, как смеются или плачут новорожденные дети. Другим эмоциям мы, похоже, учимся, например чувству вины. Оно социально обусловлено через негативную обратную связь.

Большинство ученых признают от четырех до шести основных эмоций: страх, злость, грусть, радость, а также удивление и отвращение, которые были добавлены нейробиологом А. Дамаси. Кроме того, эмоции улучшают память. По-видимому, события запоминаются по-разному в зависимости от того, было ли в них эмоциональное наполнение или нет. Простые, нейтральные воспоминания хранятся в гиппокампе. Эмоционально заряженные моменты обрабатываются главным образом в амигдале.

Теория, разработанная несколько лет назад в Университете Иллинойса, утверждает, что у мозга есть заданный режим эмоций. Это точка равновесия настроения, определяющая базовый уровень грусти, радости и т. д. Некоторые события сдвигают эти пункты вверх или вниз. Но обычно мы возвращаемся к «базовым настройкам». В целом люди с негативным эмоциональным состоянием более пессимистичны, больше волнуются и стараются избегать других. А те, кто наслаждается более позитивным эмоциональным состоянием, обычно активны, общительны и доверчивы. Сканирование мозга показало, что эти две группы людей по-разному реагируют на эмоции других. Например, фотографии людей устрашающего облика вызывают более сильную реакцию в амигдале пессимистов, в то время как фотографии улыбающихся сильнее действуют на оптимистов.

Так как эволюция продолжается, мы можем предсказать, какие изменения произойдут с мозгом, если обратим внимание на эволюцию других видов. Сегодня мы знаем, что амигдала больше влияет на префронтальную кору, чем наоборот. Поэтому в определенные моменты эмоции преобладают над разумом и контролируют его. У млекопитающих намного сильнее выражены нейронные пути от миндалевидного тела к префронтальной коре, чем те, что идут в обратном направлении. Мысли могут с легкостью вызвать определенные эмоции и делают это через активацию — как вы уже догадались — амигдалы. Нельзя утихомирить эмоции мыслями, то есть «выключить» миндалевидное тело. Например, сколько бы мы ни твердили себе, что нужно меньше волноваться или грустить, этого не произойдет. Нейронные пути от префронтальной коры к амигдале у приматов намного активнее, чем у других видов млекопитающих. Возможно, они продолжат усиливаться, то есть кора будет получать все больше контроля над миндалевидным телом. Тогда люди будущего смогут лучше управлять своими эмоциями. Но это только предположение. Если новые нервные пути (от префронтальной коры к амигдале и наоборот) в какой-то момент достигнут равновесия, вполне вероятно, что распри между мыслями и эмоциями завершатся более гармоничным союзом разума и чувства. Другими словами, с ростом взаимодействия коры и миндалевидного тела когнитивное и эмоциональное, возможно, начнут работать вместе, а не в качестве двух отдельных систем, как сегодня.

ТЕХНИКА: ИЗМЕНИТЬ ОДНО СЛОВО

Несколько лет назад «Тойота» предложила своим сотрудникам подумать, как увеличить свою производительность. Руководство получило совсем мало идей. Через некоторое время они сформулировали вопрос по-другому: как сделать вашу работу проще? В этот раз их просто завалили предложениями.

Небольшие поправки в формулировке вопроса могут привести к огромным переменам.

Иногда замена одного слова или изменение порядка слов в описании творческой задачи может стимулировать воображение, добавив новые смыслы.

Сформулируйте свою творческую задачу.

Определите ключевые слова и поменяйте их по крайней мере пять раз. Обычно проще всего заменять глагол.

Пример.

Творческая задача: как мне работать меньше часов?

Я меняю одно слово: как путешествовать меньше часов? Как есть меньше часов? Как спать меньше часов? И так далее.

Придумывайте решения новым задачам, возникшим после замены одного слова.

Примените эти идеи к первоначальной задаче.

ТЕХНИКА: ДВА СЛОВА

Опишите суть проблемы двумя словами.

Например, если ваша творческая задача — «как улучшить продажу моего мороженого», двумя ключевыми словами будут «продажа» и «мороженое».

Для каждого слова подберите две качества.

Например, продажи онлайн и продажи в магазине; консистенция и вкус мороженого.

Для этих характеристик подберите еще по два признака.

Продажи онлайн: по электронной почте или на сайте. В магазине: оплата на кассе или у прилавка.

Консистенция: густая и сладкая. Вкус: фруктовый или шоколадный.

Разбивайте эти качества надвое, пока не почувствуете, что материала для решения проблемы достаточно. Разделяя задачу на части, вы обнаружите новую информацию, казалось бы, не относящуюся к исходной проблеме. Потом совместите части в новой и оригинальной манере.

В минуты грусти и радости вы мыслите по-разному. Когда считаете себя богатым и успешным, у вас другие мысли, нежели чем когда чувствуете себя бедным неудачником. То же самое и с творчеством: вам в голову приходят оригинальные идеи, когда вы считаете себя творческим человеком. Если в дороге на приборной доске загорается индикатор малого количества бензина, вы остановитесь на следующей заправке и наполните бак. Индикатор показывает, что без горючего мотор заглохнет. Вы не игнорируете это предупреждение, не замираете в ужасе, а останавливаетесь и заправляетесь. Наполнив бак, больше не смотрите на стрелку показателя уровня топлива. Вы не позволите ей полностью захватить ваши мысли, иначе это будет отвлекать от дороги и создаст опасность. То же самое верно и для негативного мышления или постоянного сомнения, неуверенности или страха — словом, для беспрестанного поиска угроз. Если он подчиняет себе ваш день или даже всю жизнь, сложно стать более творческим. А ведь это просто вопрос эмоций или восприятия.

Люди, набравшие больше всего баллов в тесте на уровень счастья, решают на 25% больше творческих задач, чем те, кто чувствует себя неуютно или рассержен. Хорошее настроение помогает расслабиться, благодаря чему вы меньше думаете о мировых проблемах и лучше сочетаете далекие друг от друга понятия. Впрочем, немного меланхолии обостряет внимание, позволяя сильнее и дольше концентрироваться. Исследования показали, что известные писатели в восемь раз чаще, чем обычные люди, страдают от тяжелой депрессии. Не то чтобы все успешные писатели и художники были сумасшедшими, просто они больше грустят.

Восприятие и эмоции

Быть творческим человеком — это больше, чем просто отличаться от других. Любой может быть странным, это легко. Сложно быть таким же простым и великим одновременно, как Бах. Делать вещи просто, невероятно просто — вот это творчество.

Чарльз Мингус*

Есть история о пигмее, которого впервые вывезли на машине из джунглей в саванну. В дороге он увидел впереди насекомое. По мере того как машина двигалась, он поражался, как растет насекомое. В полной растерянности он спросил у водителя, что это за волшебное насекомое. Водитель ответил, что это вовсе не насекомое — они подъезжали к буйволу. Доминирующие модели восприятия пигмея (насекомые в джунглях) заставили его считать буйвола растущим насекомым.

Доминирующие модели восприятия влияют на поведение и мысли. Нейронные связи ответственны за то, как мы видим и понимаем мир. Эти структуры действуют как система значений, которые через восприятие позволяют понять, что именно перед нами. При этом они предоставляют правила, определяющие наше **взаимодействие** с миром в целом. Эти нейронные связи порождаются сочетанием генетических элементов, которые мы наследуем, и жизненным опытом.

Физическая среда также оказывает огромное влияние на нейронные структуры. Наш приятель-пигмей привык жить в джунглях и смотреть

---

* Чарльз Мингус (22 апреля 1922, Ногалес, Аризона — 5 января 1979, Куэрнавака, Мексика) — американский джазовый контрабасист, композитор и правозащитник.

всего на несколько метров вперед. Его способности восприятия нацелены на понимание ситуаций из его жизни, его физической среды, а не в саванне, где пасется буйвол. Культура, в которой мы воспитываемся, подвержена влиянию сконструированных людьми парадигм. В любой группе, профессии или области есть свои предубеждения относительно реальности. Что возможно, принято, ценится и т. д. Мы впитываем эти парадигмы и передаем другим поколениям через культуру и традиции: дни рождения, похороны, свадьбы, просмотр футбольных матчей и т. д. Друзья, семья, коллеги по работе или учебе и преподаватели также оказывают большое влияние на наше восприятие. Похожий взгляд на мир делает общение с другими людьми проще, ведь мы разделяем с ними одни смыслы, одно понимание мира.

Держась за парадигмы, мы лишаем себя возможности примерить другой взгляд на мир, иные возможности, восприятие, решения и идеи. Это проблема для творчества. **Установки мешают нам продвигаться вперед, думать нестандартно и быть более творческими.** Даже простое понимание этого станет прекрасным первым шагом к тому, чтобы оставить предубеждения и домыслы и начать думать иначе.

ПРЕДРАССУДКИ

У нас полно предрассудков, которые могут помешать творчеству.

Упражнение: дайте другие названия пяти предметам, которые уже как-то именуются.

Например, назовите музыку «летящими звуками», облако — «плывущим высоко белым дымом» и т. д.

Упражнение: представьте, что вы — фотоаппарат. Пройдитесь по комнате с закрытыми глазами осторожно, чтобы ни на что не наткнуться.

Остановитесь. Откройте на секунду глаза и тут же закройте, как будто это объектив фотоаппарата. Посмотрите на то, что перед вами, без всякой предвзятости. Запоминайте все, «сфотографированное» во время этих секундных вспышек. Так вы увидите вещи такими, какие они на самом деле, без фильтра ожиданий.

Когда мы сталкиваемся с новой проблемой, для творческого процесса очень важно хотя бы частично избавиться от предубеждений.

Одна из причин, почему предубеждения так сильны и оказывают на нас такое влияние, связана с эмоциями. Как мы видели в начале этой главы, иногда наше восприятие или интерпретация отдельных событий или обстоятельств моментально запускает эмоциональную реакцию. Например, если мы не можем сосредоточиться при написании рабочего отчета, то сильно переживаем и начинаем думать, что никогда не закончим. Если на улице иностранец спрашивает о чем-то на незнакомом языке, мы раздражаемся, потому что не понимаем его. Если к вам подойдет кто-то, необычно одетый, вы испугаетесь. Эти ситуации воспринимаются как опасные, хотя они совсем не такие. Мы начинаем фантазировать и приписывать преувеличенные значения и смыслы каким-то событиям, зачастую не осознавая несоответствие своей реакции обстоятельствам. Прошлый опыт питает наши эмоции в настоящем: эмоциональный отклик порождает интеллектуальную реакцию, которая в свою очередь закрепляет эти переживания. Простой жест может быть истолкован как угроза.

Впрочем, через подсознание эти эмоциональные реакции помогают людям поддерживать равновесие. Они придадут нам энергии для того, чтобы драться или убежать, если кто-то на самом деле нападет. Но сегодня эта энергия также мгновенно активируется в ситуациях, которые на самом деле не несут никакой опасности. Эти эмоции, вызываемые подсознанием в ряде случаев, искажают восприятие. Чтобы этого избежать, **необходимо развивать более осознанное отношение к эмоциям**. Мы должны постараться лучше изучить их и понять, что они нам сообщают. Не забывайте: **все великие творческие люди претендуют на отличное знание самих себя**.

Мы склонны интерпретировать события и чересчур сильно реагировать. Почему бы не остановиться, не вздохнуть поглубже и не попытаться взглянуть на ситуацию со стороны?

ПРЕДВЗЯТОЕ ОТНОШЕНИЕ ВРЕДИТ ТВОРЧЕСКОМУ ПРОЦЕССУ, ПОТОМУ ЧТО ОГРАНИЧИВАЕТ НАШЕ ВИДЕНИЕ ПРОБЛЕМЫ

Спросите себя: не слишком ли ограничивает предубеждение к творческой задаче ваши возможности? Причинами могут быть прошлый опыт; слова отца; что-то, услышанное на собрании; то, чего вы избегаете.

Для преувеличенных реакций также есть биологическое объяснение. От повторения опыта нейронные связи усиливаются. Чем чаще мы встречаемся с чем-то или кем-то, тем сильнее становится ассоциация с этим предметом или человеком в мозге. Дональд Хебб утверждает: чем чаще одновременно активируется группа нейронов, тем эффективнее их взаимодействие. Когда вы смазываете маслом дверную петлю, с каждым разом дверь все лучше открывается и закрывается. Любой новый опыт просто закрепляет уже известное. Именно поэтому мы получаем удовольствие от всего знакомого и от чувства надежности, которое оно нам придает, и боимся неизвестного. Так сложилось в ходе эволюции.

Натянутые отношения между людьми с разным мировоззрением или стилем жизни имеют под собой неврологическое основание. В борьбе за выживание вида человечество пришло к тому, что необходимо сохранять стабильность в отношениях индивида и окружения. Когда это равновесие нарушается новым обычаем, верованием, другой традицией или изменением в физической среде, мы чувствуем неудобство и угрозу. Так появились предрассудки.

Попытаться стать выдающимся и творческим, не меняя образ жизни, — пустой труд

Сложно отклониться от нормы, стать более изобретательными, когда биологией предопределено стремление оперировать известными сведениями. Привыкнув к определенным процессам, методам или способам решения проблем или к стандартным рецептам успеха, с новыми мы почувствуем себя **неуютно**. То же самое происходит с идеями и поведением. Когда внешний мир не соответствует нашим ожиданиям, возникает естественная, биологическая, реакция — стремление изменить окружающую среду или внутренние структуры мозга, то есть либо реальное положение вещей, либо наше представление о мире. Так непросто думать по-другому именно из-за этой биологической склонности всегда обращаться к тому, что нам знакомо. Быть творческой личностью — настоящий вызов. Но это возможно.

От тревоги к страху

Ощущать волнение перед публичным выступлением абсолютно нормально. Но иногда ежедневные тревоги могут превращаться в сильные, парализующие страхи — фобии, способные лишить нас многих повседневных радостей. Постороннему человеку причина вашего страха может не показаться заслуживающей внимания, но ваши чувства столь же реальны, как если бы угроза была.

Фобии, такие как боязнь высоты, открытых пространств, пауков или выступлений на публике, коренятся в основном в детстве или подростковом возрасте, хотя многие страдающие ими не могут вспомнить какой-то отдельный случай, который их спровоцировал. В них также присутствует определенный генетический элемент. В настоящее время в лечении фобий наибольших успехов добилась когнитивно-поведенческая психотерапия. Психотерапевты иногда используют блокирующие лекарства, чтобы пациенты могли спокойно взглянуть в лицо своим страхам. Затем постепенно люди начинают преодолевать их без лекарств. Похоже, повторная и подконтрольная встреча с источником страха без негативных последствий ослабляет его. Небольшие шажки чрезвычайно важны. Чтобы излечить боязнь высоты, например, психотерапевт может для начала показать фотографию, сделанную с крыши невысокого дома. Постепенно, когда вы почувствуете себя увереннее, он будет увеличивать интенсивность воздействия в контролируемой обстановке. Он может попросить вас представить себе балкон, а затем отвести в возвышенные, но безопасные места, чтобы вы провели там некоторое время. Понемногу тревога уходит, и фобия исчезает.

Гнев

Управление гневом призвано контролировать физические реакции, вызванные активацией этой эмоции. Оно не меняет причину или ее способность раздражать вас. Избегайте дискредитировавшего себя совета «расслабиться». Доказано: для отношений и душевного здоровья вредно скрывать гнев, это как пытаться закрыть жерло извергающегося вулкана. Контроль гнева сокращает влияние эмоции на тело и позволяет справиться с ситуацией. Ему посвящены многие книги. Вот базовые методы.

— Вдохните глубоко от живота. Пока дышите, повторите несколько раз фразу или слово, которые вас успокоят, например «расслабься». Представьте спокойную сцену, например равнину или горный пейзаж. Двигайтесь медленно и плавно.
— Используйте воображение: визуализируйте что-нибудь расслабляющее, например что вы лежите в гамаке.
— Помните: действия, основанные на чувствах досады или гнева, не решат проблемы. Это сделает только просчитанное и целенаправленное поведение. Совершенствуйте искусство общения с окружающими. Слушайте. Говорите спокойно. Заново проанализируйте ситуацию, используя позитивный язык. Вместо того чтобы метать проклятья и твердить, что нет надежды, посмотрите на ситуацию с логической стороны. Убедите себя: все не так плохо, и вы сможете преодолеть трудности. Префронтальная кора общается с лимбической системой, разум — с чувствами. Постарайтесь преобразовать эмоцию, как я советовал в начале главы.

КАК ХОРОШО, МНЕ НАДОЕЛО

В начале XX века люди не любили сами резать хлеб. Отто Роведдер потратил 16 лет своей жизни, пытаясь изобрести машину, которая бы резала хлеб, и вложил в нее все свои деньги. Промышленные предприятия не захотели покупать изобретение, и он обанкротился. Тридцать лет спустя компания Continental немного ее изменила и выпустила в свет под названием Wonder Bread. В том году нарезанный хлеб составил 80% от общих продаж. Отто говорил, что его стимулом были не деньги, а просто тот факт, что хлеб приходилось резать самому.

Часто идеи развиваются на основе того, что нас беспокоит. Напишите список вещей, которые вас раздражают. Выберите несколько интересных проблем.

Страх перед творчеством

В ходе эволюции появились качества, которые позволили нашим предкам собираться в группы, разрабатывать новые технологии и побеждать хищников. В некоторых ситуациях страх, безусловно, полезен. Если вы стоите на краю крыши 20-этажного здания, страх заставит вас сделать два шага назад. Стоя с дочерью у перехода широкого проспекта, я сильнее сожму ее руку. Эти страхи были и остаются очень важными для выживания. Но есть и другие виды страхов, которые, управляя поведением, снизят эффективность вашей деятельности. Часто из-за страха перед тем, что «могло бы быть», творчество затормаживается. «Лучше остановиться на проверенном варианте», — говорим мы себе. Потенциальная возможность совершить «роковую» ошибку преувеличивается, и, чтобы избежать ее, мы довольствуемся посредственной работой. Иногда эти страхи берут свое начало в окружении. Например, когда начальник говорит: «Сделаешь плохо, уволю». Но бóльшую часть времени главную роль играет наш собственный страх выделиться, в хорошем или плохом смысле, или встретить равнодушие друзей или коллег.

Удобство — враг величия. Выбирая комфорт, вы выбираете заурядность

В целом, говоря о страхе перед творчеством, мы имеем в виду страх неудачи. Никто не хочет попасть впросак в работе, поэтому большинство предпочитает не рисковать. Мы долгое время занимались определенным делом и научились сносно выполнять его, безо всякого риска. **Любая творческая работа — это результат принятия риска.** Нужно искать за границами прошлого опыта и признать возможную неудачу. Питер Блок говорит: «Жить на границах, а не в центре». Этот страх вполне оправдан. Если мы попытаемся выйти за рамки известного, другие неизбежно посчитают наши идеи плохими. Для нас это угроза, а примитивный мозг постоянно отдаляет людей от опасности и приближает ко всему известному, надежному. В конце концов, хищники в первую очередь съедают животных, которые отбиваются от группы. Нужно **научиться определять и избегать импульсов инстинкта выживания**. Будьте внимательны ко всем своим действиям, постарайтесь действовать осознанно. Усвойте принятие обдуманных рисков. Ему вы можете научиться, начав рисковать в делах, которые не требуют большой эффективности, там, где нет внешнего давления, или там, где результаты не так важны.

Спросите себя: каким образом страх перед неудачей мешает вам проявлять творческие способности? Когда вы отказываетесь рисковать в жизни и в работе? Какие последствия вас останавливают? Как думаете, они реальные или воображаемые?

Кроме того, у многих при решении творческой задачи обнаруживается другой страх, менее осознанный, — страх перед успехом. Это своего рода паранойя, голос, который шепчет, что мы не сможем поддержать такие прекрасные результаты или что не сумеем соответствовать обстоятельствам, когда придет время воплотить идею в жизнь. Мы сомневаемся, стоит ли окунаться с головой в задачу, потому что не хотим иметь дело с последствиями успеха. Многие всю жизнь борются с этим страхом, считая: все, что бы они ни делали, за пределами их возможностей. Они чувствуют себя футболистами-любителями, хотя могли бы играть в профессиональной лиге. Эти незаметные, но разрушительные импульсы не позволяют расти. Даже если, совершенствуясь, вы временами чувствуете себя неудобно, без этой неловкости способность развиваться не остается той же, а уменьшается. Если мы не растем, мы умираем. Поэтому страх успеха иногда более разрушителен, чем боязнь неудачи, так как скрывается за маской благоразумия: нам кажется, что мы занимаем зрелую позицию. Он представляется другом, но, на самом деле, крадет наши возможности.

Спросите себя: вы отказываетесь от творчества, потому что боитесь, что не сможете поддержать хорошие результаты в течение долгого времени? Вам приходилось отказываться от идеи, испугавшись последствий? Вы равнодушны к успеху?

Стресс

Очень трудно определить, испытывает ли тот или иной человек стресс. Для некоторых прыжок с парашютом — это развлечение, а кто-то впадает в панику только от одной мысли об этом. Измерение уровня кортизола — очень распространенная практика. Тем не менее нет единой базы физиологических реакций, которые бы показали ученому, что вы испытываете стресс. Мозг работает одинаково, когда мы испытываем стресс при виде приближающегося хищника, и занимаемся сексом, или наслаждаемся мороженым с вареной сгущенкой. Состояние физиологического возбуждения характерно для обеих ситуаций: стресса и удовольствия. Впрочем, согласно специалисту в этой области Дэвиду Даймонду, мы испытываем стресс, если одновременно определяются три признака.

1. *Должно присутствовать физиологическое возбуждение, которое может оценить третья сторона.* Когда Ариэля Ортегу удалили в матче с Голландией на чемпионате мира во Франции 1998 года, я видел (я и есть та самая третья сторона), как на стадионе в Марселе неистовые аргентинские болельщики кричали и плакали, заламывая руки и потея.
2. *Стимул, вызывающий стресс, должен быть «отвратительным».* Спросите себя: если бы я мог снизить интенсивность своих чувств, то сделал бы это? Если ответ «да», значит, этот стимул «отвратительный». Болельщики явно предпочли бы, чтобы Ортега остался на поле. Его удаление было «отвратительным» стимулом.
3. *Вы чувствуете, что не властны над стимулом, вызывающим у вас физиологическое возбуждение.* Чем меньше контроля, тем сильнее стресс. Мы как болельщики никак не могли повлиять ни на поведение Ортеги, ни на красную карточку судьи.

Все это вместе и вызывает стресс.

Когда сенсорная система выявляет опасность, в надпочечниках выделяется адреналин, благодаря которому учащается пульс и повышается артериальное давление, а также кортизол... Это придает энергии для бега или драки. Без этой быстрой, гибкой и прекрасно регулируемой системы реагирования на опасность мы бы умерли. Но система ответа на стрессовые факторы сформировалась для решения мгновенных проблем, а не многолетних задач. Например, чтобы мышцы двигались как можно быстрее при любой опасности. Сегодня стрессовые стимулы совсем не похожи на льва, преследующего вас в течение нескольких секунд. Сейчас это часы, дни и годы на работе, финансовые проблемы, несчастливые семьи и т. д. Наша система реагирования на стресс не способна эффективно справляться с этой действительностью. Мало-помалу кортизол начинает накапливаться в кровеносной системе. Со временем он становится токсичным. В результате **тонкая** система сбивается настолько, что начинает влиять на работоспособность. Люди, страдающие от хронического стресса, в три раза чаще заболевают, и, конечно, у них выше риск сердечно-сосудистых заболеваний. Кроме того, один из наиболее неприятных эффектов продолжительного стресса — то, что он ведет к депрессии. В год около 800 тысяч человек кончают жизнь самоубийством из-за глубокой депрессии. В развитых странах порядка 80% медицинских расходов так или иначе связаны со стрессом. 77% сотрудников разных компаний утверждают, что бывали в ситуации, когда «не могли работать лучше» или «перегорели». Это означает большое количество кортизола в крови, множество пропущенных собраний и частые визиты к врачу.

Итак, при продолжительном стрессе высокого уровня мы подвергаемся длительному воздействию кортизола. Исследования показали:

это губительно для мозга, а в особенности вредит гиппокампу, ухудшая способность сохранять воспоминания и учиться чему-то новому, что необычайно важно для творчества. Люди, испытывающие стресс, плохо считают, их речь может быть неправильной и путаной, у них хуже память (кратковременная и долговременная). Они не способны адаптировать старую информацию под новые ситуации, хуже сосредоточиваются и выполняют работу. Вероятно, стрессовая ситуация на работе или в семье складывается из завышенных ожиданий и невозможности активно действовать для их воплощения в жизнь. Стресс в семье влияет на работу и наоборот. Он нарастает и становится все более разрушительным.

Лучший способ справиться со стрессом — максимальный контроль своей жизни. Чтобы облегчить влияние стресса, необходимо снизить уровень кортизола. Вот несколько действенных способов:

- успокойте свои мысли при помощи медитации;
- делайте дыхательные упражнения и занимайтесь йогой;
- поддерживайте хорошие отношения с семьей и близкими друзьями;
- смейтесь. Смех повышает уровень кислорода и высвобождает эндорфины;
- отдыхайте. Сильная усталость может повысить уровень стресса, в то время как сон его снижает;
- занимайтесь спортом. Физическая нагрузка также уменьшает стресс.

Беги-беги-беги

Бег не только полезен для здоровья, для меня он стал еще и некой действенной метафорой. Бегая изо дня в день, дистанцию за дистанцией, поднимая планку все выше и выше и раз за разом ее преодолевая, я и сам поднимался вверх.

Харуки Мураками

Мы уже знаем, что душевное здоровье связано с частым появлением озарений. Также говорят: «В здоровом теле здоровый дух».

Хотя в истории эволюции до сих пор остается множество спорных вопросов, ни один антрополог или палеонтолог планеты не сомневается по поводу одного факта: мы всегда находились в движении. Вместо того чтобы спускаться с дерева на землю и подниматься с земли на дерево в зависимости от изменений климата, мы скорее перемещались горизонтально, пересекая планету в поисках лучших условий для жизни. Нам приходилось проходить огромные расстояния. Считается, что мужчины преодолевали 10–20 км в день, а женщины — 5–10 км. Наш современный мозг развивался, пока мы занимались спортом. Мы практически были марафонцами. Так, сто тысяч лет назад мы покинули Африку и пришли в Европу 40 тысяч лет назад. Пересекали реки, пустыни, леса, горы, океаны. Наши предки постоянно искали новые источники пищи, высматривая хищников и физическую опасность. Таким образом, мы развивались, будучи в прекрасной физической форме. В жизни людей всегда присутствовало движение.

Сегодня один из факторов здорового старения — это движение. Все указывает на то, что физическая активность улучшает состояние сердечно-сосудистой системы и снижает риск инфаркта или инсульта. Кроме того, состояние тела действительно влияет на результаты любого теста умственных способностей (долговременная память, аналитическое и критическое мышление, внимание, решение проблем, способность думать быстро или абстрактно, кратковременная память, время реагирования). Много двигающийся человек в этих тестах всегда наберет больше баллов, чем малоподвижный. Это демонстрирует связь физической формы и умственной активности, но не причины. Но если второй улучшит состояние своего тела, его результаты также повысятся. Подобные эксперименты проводились много раз и в целом подтверждают: хорошая физическая форма **стимулирует** улучшение когнитивных способностей. Например, у людей, которые занимались спортом в течение жизни, риск получить душевное расстройство сокращается вдвое. Влияние физической нагрузки на настроение настолько велико, что некоторые психиатры начали прописывать ее своим пациентам. Кроме того, спорт помогает справиться с депрессией и тревогой, мгновенно и в длительной перспективе, причем это верно и для женщин, и для мужчин. Чем длиннее программа занятий, тем лучше результаты.

Когнитивные способности, в том числе и творческие, развились, когда мы вели активный образ жизни

Физическая нагрузка

Мы уже упоминали, что мозг потребляет 20–25% нашей энергии, несмотря на то что его вес составляет 2–5% от массы тела. Когда мозг работает на полную мощь, он использует больше энергии на единицу ткани, чем квадрицепсы во время тренировки. Мозг не может активировать одновременно больше 2% нейронов. Человек проживет до 30 дней без еды и около недели без воды. Но мозг настолько активен, что не может просуществовать без кислорода больше пяти минут. В противном случае он умирает или получает необратимые повреждения. Когда кровь не в состоянии принести мозгу достаточное количество кислорода, там начинают скапливаться ядовитые вещества. Сегодня нам известно: даже для абсолютно здорового мозга можно улучшить систему подачи крови, а значит, и кислорода. И это возможно благодаря физической активности. Спорт необязательно обеспечивает больше кислорода и питания, но он делает их доступнее. Упражнения увеличивают количество и длину артерий и сосудов в теле, в том числе в мозге. Физическая нагрузка стимулирует создание широко исследованной молекулы, оксида азота, которая регулирует поток крови. По мере того как улучшается ток крови, тело производит больше кровеносных сосудов, которые каждый раз все глубже проникают в ткани. Иными словами, появляется больше доступа к кислороду, лучше распределяется энергия, и организм очищается от токсинов.

Упражнения называют **пищей для мозгов**. Данные сканирования мозга показывают: спорт увеличивает объем крови в некоторых областях. Другой хорошо изученный эффект физической активности — это стимуляция производства мощного нейротрансмиттера — нейротрофинов, которые поддерживают жизнеспособность нейронов и их способность образовывать связи. Кроме того, нейротрофины стимулируют нейрогенез — производство новых нейронов в мозге.

Если говорить о том, как поддержать здоровье мозга и его способность решать творческие задачи, не удивлюсь, если в ближайшем будущем компании установят беговые дорожки в конференц-залах или выделят сотрудникам время для зарядки. Школы могли бы избавиться от традиционных парт и позволить ученикам слушать лекции по математике, вышагивая по беговой дорожке. Не забудьте, что наши предки, жившие в Африке, не сидели в кабинках, а по-настоящему двигались. Думаю, если бы кто-то из них провел восемь часов, сидя без движения, или даже час, он, без сомнения, стал бы обедом или ужином какого-нибудь хищника. Еще не прошли миллионы лет, чтобы мы могли бы адаптироваться к новому малоподвижному образу жизни. Наше поведение сегодня не совпадает с оптимальными условиями для эффективной работы мозга. Закройте книгу и прогуляйтесь.

Любовь

Речь не о деньгах и таланте, речь о творчестве и любви.

Эми Батлер

Я больше ее не люблю, нет сомнений, а может быть,
люблю, столь коротка любовь, и столь длинно забвение.

Пабло Неруда

Допустим, любовь — это универсальное чувство. И то, что оно одинаково или очень похоже в разных уголках планеты, заставляет предположить, что эти прекрасные (и иногда непростые) переживания задействуют определенные химические элементы и нейронные связи. Скорее всего, именно мозг, а не сердце отвечает за все, что с нами происходит в первые несколько месяцев, когда страсти кипят, и потом. Один не совсем романтичный факт: мозг влюбленного отчасти похож на мозг душевнобольного или кокаиниста. И еще менее романтичные данные: когда нас привлекает кто-то, возможно, это потому, что на подсознательном уровне нам нравятся его гены. В том, что вам кто-то понравился, виновато не только зрение, — обоняние также играет важную роль. И, рискуя убить всю романтику, скажу: привлекающий нас «запах» очень похож на «запах» наших родителей. Если говорить о любви, мы во власти биохимии. Активация определенных областей мозга стимулирует сердце и заставляет почувствовать «бабочек в животе». Хелен Фишер, возможно, лучший специалист по влюбленности, описывает три этапа: желания или сладострастия, влюбленности или симпатии и нежности или привязанности. Первый этап желания обусловливается гормонами тестостероном и эстрогеном. Мы еще не нашли свою половинку, но очень к этому стремимся. На этапе влюбленности мы одержимы и думаем только о любимом человеке. Эта фаза ассоциируется с понижением уровня серотонина и повышением дофамина и норэпинефрина.

Стрела Купидона — это на самом деле химический арсенал внутри нас

В Медицинском колледже Альберта Эйнштейна провели исследование того, что происходит, когда влюбленный смотрит на фотографию дорогого ему человека внутри магнитно-резонансного томографа. Для чистоты эксперимента участникам также показали фотографии знакомых из школы и университета. Между фотографиями любимого человека и нейтральных знакомых ученые поместили число 8,421 и попросили испытуемых провести обратный отсчет от 7 до 1. Это известная техника отвлечения, чтобы эмоции, вызванные фотографией возлюбленного, не «заразили» нейтральный образ. При виде любимого активировались разные зоны мозга, но две из них были наиболее насыщены кислородом и глюкозой, то есть оказались самыми деятельными. Одна область — хвостатое ядро — часть наиболее примитивного мозга, мозга рептилии, которая отвечает за телодвижения и систему поощрения. Она активируется, когда присутствуют удовольствие и желание вознаграждения. Чем больше страсти испытывали участники — согласно их собственной оценке по шкале «страстной любви», — тем более возбужденной была эта область. Чрезвычайная активность также наблюдалась в зоне, которая «включается», когда мы едим шоколад. Вот и аргумент для тех, кто считает, что любовь может быть зависимостью. Наконец, область среднего мозга (VTA), играющая ключевую роль в работе «системы вознаграждения», главный источник дофамина и норэпинефрина, показала себя в полном блеске. Когда дофамин передается другим частям мозга, улучшается внимание, ощущается прилив энергии, появляется сильный стимул к поощрению. Нас охватывают радость и эйфория (которая иногда превращается в манию). Словом, хорошо известные всем эмоции и поведение, неотъемлемые черты состояния влюбленности. Переполненный дофамином, сосредоточенный на одной-единственной цели — достижении желаемого, бодрый и неутомимый мозг работает в полную силу. Неудивительно, что мы не можем спать, отправляем тысячи сообщений в день, меняем работу и стиль жизни, душим в объятиях и покрываем поцелуями любимого. Иногда даже умираем от любви. То есть этот этап — это не только сильная эмоция, известная как чувство любви, но скорее ее сочетание с работой системы поощрения. Нами руководит мотивация получить желаемое.

В похожем эксперименте, проведенном в Стэнфордском университете, изучались также эффекты, производимые влюбленностью, и ее болеутоляющая сила. Исследовалось прилежащее ядро мозга — центр подкрепления, активирующийся при приеме опиоидов, кокаина и других наркотиков. Он оказался активно действующим и у влюбленных. То есть, чтобы заглушить боль, мы можем обратиться не только к наркотикам. **Влюбленные чувствуют меньше боли.**

Последний этап привязанности наступает, если отношениям суждено продолжиться. К сожалению, нельзя постоянно жить на этапе влюбленности, иначе мы не смогли бы больше ничем заниматься. На этом последнем этапе нервная система у женщин производит гормон окситоцин, связанный с рождением детей и кормлением. Этот гормон помогает установить отношения мать — дитя. Также он выделяется обоими полами при оргазме. Есть теория, согласно которой чем чаще пара занимается сексом, тем сильнее становится связь между ними. Думаю, что не все с этой теорией согласятся. Другой гормон, выделяемый на этом последнем этапе, — вазопрессин — очень важен для длительных отношений.

Какая элегантная система, подумать только! Страсть исходит из самой сердцевины мозга, сохраненной эволюцией, — хвостатого ядра, которое одаривает нас одним из наиболее стимулирующих веществ, дофамином. Она тесно переплетается с двумя основными инстинктами: воспроизводством и потребностью установить прочную и длительную связь с другим человеком. Лучшее понимание того, почему мы влюбляемся и почему, когда нам не отвечают взаимностью, остаемся с разбитым сердцем, может посодействовать психотерапии. Ведь любовная тоска может быть источником стресса и депрессии.

Эмили Дикинсон говорила: «Ум шире широты небес». И как чудесно, если это действительно так! **Влюбленные**, мы более творческие. Похоже, любовь меняет наши мысли, запуская в мозге глобальный процесс, который способствует связям между разными неспециализированными областями (что происходит прямо перед озарением) и препятствует аналитическому мышлению. Кроме того, романтизм пробуждает мысли с долговременными перспективами. Мы видим лес вместо дерева, значение прежде деталей. Это в свою очередь способствует появлению новых идей.

Глава 7
Обучение

Учусь, следовательно, существую

Я никогда не позволял школе вмешиваться в мое образование.

Марк Твен

Человека нельзя ничему научить, можно только помочь ему найти решение внутри себя.

Галилео Галилей

В течение десятилетий исследователи были уверены, что мы рождаемся чистым листом, ничем, жестким диском без данных. Они считали, что все, чему учится малыш, порождается его взаимодействием с окружающей средой, в основном со взрослыми. Сегодня известно, что это не так. Мы приходим в мир с жестким диском — мозгом, на котором предустановлено «программное обеспечение» для обработки информации.

В легендарном эксперименте 1979 года профессор Эндрю Мелтцофф изменил мир детской психологии, показывая язык младенцу и терпеливо дожидаясь от него того же самого. Удивительно, но ребенок повторил поведение профессора, высунув язык, когда ему было всего 42 минуты. Более чем ясно, что младенец никогда раньше не видел языка — ни чужого, ни своего, однако знал, что у него есть язык, знал, что и у Мелтцоффа он тоже есть, и каким-то образом догадался имитировать действия исследователя. Если копнуть еще глубже, мы можем заключить, что ребенок знал, как стимуляция ряда нервов в определенной последовательности позволит ему также высунуть язык, то есть совсем не был чистым листом. Из-за этого и много чего еще младенцы и дети, как я уже говорил, — лучший пример для понимания того, как мы, люди, приобретаем информацию.

Если изучить мозг ребенка, мы увидим, что все рождаются с желанием понять окружающий мир и неутомимым любопытством, которое влечет нас исследовать все, что встречается на пути. Эта любознательность так сильна, что некоторые ученые сравнивают ее с чувством голода, жажды или сексуальным желанием. В другой знаменитой серии экспериментов детям в возрасте до года дали грабельки, а рядом положили игрушку. Дети быстро научились их использовать, чтобы пододвинуть ее к себе. Многие родители часто сами наблюдали такое поведение у себя дома. Но после нескольких удачных попыток достать игрушку младенцы теряли к ней интерес, но не к самой игре. Они двигали игрушку в разные стороны, а затем вновь подталкивали ее к себе грабельками. Иногда малыши даже нарочно клали игрушку подальше, чтобы проверить, докуда же те могут дотянуться. Сама игрушка не имела для них значения и была лишь тем, что можно подвинуть грабельками ближе. Они исследовали взаимодействие предметов, а точнее то, как один предмет может повлиять на другой. То есть малышей, казалось, заботили физические свойства предметов. Дети младше одного года анализируют любые предметы при помощи всех чувств: трогают их, ломают, лижут, кладут в рот других, бьют ими себя и т. д. Они ищут информацию о свойствах предметов, тогда как взрослые зачастую видят лишь сломанные вещи.

Другая интересная и хорошо изученная на примере поведения детей концепция известна под названием «постоянство объектов». Эту идею можно применить и к эволюции и выживанию человеческого вида. До 18 месяцев предмет, спрятанный под платком, для ребенка как будто пропадает. Затем младенец начинает экспериментировать, закрывая предметы платком и снова открывая, пока не поймет — с большой радостью и энтузиазмом: если предмета не видно, это не значит, что он исчез. Постоянство объектов было важно в те времена, когда наши далекие предки жили в африканской саванне. Если леопард спрятался в траве, это не значит, что его нет. Те, кто не приобрел такое знание, наверняка стали частью меню этих самых леопардов.

В том же возрасте мы научаемся тому, что у людей могут быть желания и предпочтения, отличные от наших. До двух лет дети делают многое, что не нравится родителям. Но затем малыши начинают делать это будто бы им назло. Они словно превращаются в маленьких тиранов, и многие родители чувствуют, что их провоцируют. В действительности речь идет о естественном выражении сложной программы исследования окружающего мира. Ты раздвигаешь границы предпочтений человека и смотришь, как он реагирует. Затем воспроизводишь этот эксперимент несколько раз, чтобы выяснить, насколько верны твои открытия. И постепенно учишься воспринимать желания других людей и их отличия от твоих собственных. Наконец, просто чтобы проверить, что все осталось, как было, ты снова повторяешь свой эксперимент. Возможно, дети не слишком много знают о мире, но они точно знают, как получить о нем информацию.

Лучший эксперт в области обучения — это доктор Эрик Кандель, чью теорию об умной памяти при производстве идей мы уже рассматривали. Кандель также показал, как новая частица информации изменяет структуру нейронов, которые участвуют в познавательном процессе. По мере обучения мозг постоянно изменяется и реорганизует свою структуру. И так как мы всегда чему-то учимся, можно сказать, что в мозге постоянно меняются связи. Другими словами, он работает как мышца, которая становится тем больше и сложнее, чем больше упражняется. Жизнь в буквальном смысле преобразует мозг. Даже у близнецов он разный. Мозг новорожденного — незавершенный проект. Его построение в основном заканчивается примерно к 20 годам, а отладка продолжается лет до 45. У младенца столько же нейронных связей, сколько и у взрослого, однако в три года их количество в отдельных областях мозга увеличивается в два-три раза, а затем в восемь лет возвращается к исходному числу. Этот процесс повторяется во время половой зрелости, однако тогда развиваются другие зоны. Тем не менее некоторые исследования показывают, что эти области у разных детей растут разными темпами. Глядя на студентов института, вы отмечаете различия в развитии их тела, но то же самое происходит и с мозгом.

Другой специалист по обучению и памяти — Ричард Майер — в течение десятилетий изучал влияние мультимедийных презентаций на учебный процесс. Вот пять его главных выводов (некоторые совпадают с тем, что мы узнали в четвертой главе о зрении), полученных на основе эмпирических данных.

1. Мы обучаемся лучше при помощи слов и изображений, чем просто при помощи слов.
2. Обучение эффективнее, когда слова и изображения появляются одновременно, а не последовательно.

3. Мы усваиваем информацию лучше, когда слова и изображения находятся близко друг к другу.
4. Мы обучаемся лучше, когда все, что не относится к делу, исключено из презентации.
5. Мы запоминаем больше при помощи анимации и рассказа, чем при помощи анимации и текста на экране.

Свет мой, зеркальце, скажи...

В 1991 году три исследователя из Пармского университета, основанного в XI веке, под руководством доктора Джакомо Риззолатти изучали, как активируется мозг мартышки, дотянувшейся до различных предметов. Однажды один из исследователей взял с тарелки изюм и заметил, как активизировалась мозговая деятельность его друга-примата, все еще подключенного к электродам. Мозговая модель животного указывала на то, что оно само берет изюм, тогда как на самом деле этого не было: мартышка всего лишь наблюдала за действиями итальянца. Повторив эксперименты и получив новые данные, ученые пришли к выводу о существовании так называемых зеркальных нейронов. Это нейроны, активность которых отражает происходящее вокруг. Их очень быстро обнаружили и у людей, и сегодня это, пожалуй, одна из самых модных тем в нейронауке. Благодаря зеркальным нейронам младенцы могут высунуть язык, имитируя мимику взрослого всего через несколько минут после рождения, как обнаружил Эндрю Мелтцофф в 1979 году. Если вы видите, как кто-то что-то делает, эти нейроны автоматически симулируют это действие в вашем мозге, будь то удар по мячу, прыжки через скакалку, мытье посуды, приготовление бифштекса и т. д. По мнению доктора Вилейанура Рамачандрана, подобные нейроны эволюционировали, чтобы помочь нам мгновенно выявлять ценную информацию.

Представим себе, как сто тысяч лет назад человек начинал развивать свою культуру: орудия, огонь, убежище, язык и т. д. Вместо того чтобы учиться снова и снова, «как зажечь огонь», мы смотрели, как это делает другой человек, и нейроны позволяли нам «почувствовать» его действия, чтобы затем сымитировать их.

Это так называемая способность «проживать» опыт другого человека, и она чрезвычайно важна для видов, которые быстро перенимают разные **способности** членов той же группы. Таким образом, к вертикальному обучению родителей и горизонтальному — членов сообщества добавляется показательное обучение при помощи зеркальных нейронов. Прекрасный пример — кулинарные шоу. Мы учимся быстрее и эффективнее, когда видим по телевизору, как повар готовит, чем читая один из его рецептов. Когда известный производитель машин для привлечения покупателей в свой магазин показывал на огромных экранах модный спортивный автомобиль, рассекающий пейзажи, выяснилось, что в среднем любопытные прохожие останавливаются на 87 секунд. Но когда немного изменили видео и показали, как водитель за рулем откидывает верх, включает радио и т. д., люди останавливались в среднем на 143 секунды. Это улучшило продажи среди представителей самого разного возраста и пола. Зеркальные нейроны людей «проживали» опыт вождения этой спортивной машины среди экзотических пейзажей, и им это нравилось.

БРОСАЙТЕ СЕБЕ ВЫЗОВ

Каждый день вам необходимо создавать или производить определенное минимальное число идей — пять или десять. Первые попытки дадутся нелегко. Однако эти идеи вызовут другие, начнут соединяться между собой — и с каждым разом будет все проще.

Определение для себя минимального количества идей заставит вас активно производить эти самые идеи и их альтернативы, вместо того чтобы ждать, когда они придут сами.

Например, Томас Эдисон ставил своей задачей изобретать что-то небольшое каждые десять дней и совершать великое открытие каждые полгода.

На сегодняшний день есть множество исследований зеркальных нейронов, которые связаны с осязанием, движением, намерениями и эмоциями. Например, при прочтении слова «жечь» в соответствующем контексте вы чувствуете жжение, при прочтении «ударяю по мячу» у вас активируются моторные области, а при слове «прыгать» возбуждаются двигательные зоны мозга.

Многие спортсмены используют технику визуализации перед важным матчем. Они представляют себе, как выполняют какое-то действие или задание, прежде чем к нему приступить, и утверждают, что это улучшает их деятельность. Наблюдая за действиями другого человека, мы совершенствуем собственные — и все это благодаря зеркальным нейронам. Музыканты часто смотрят, как играют их учителя, чтобы самим быстрее научиться. Но — внимание: это происходит только с теми, кто занимается похожей деятельностью. Если я начну целыми днями смотреть на Надаля, мои зеркальные нейроны тоже будут играть в теннис, но хорошим теннисистом я от этого не стану.

Зеркальные нейроны в повседневной жизни: когда родители смотрят, как их детям делают прививки, они тоже чувствуют боль. Вы видите, как друг с кем-то спорит, и у вас поднимается давление. Смóтрите на велосипедиста, спускающегося на полной скорости по крутой дороге, и у вас учащается сердцебиение, выделяются эндорфины, вы напряжены. Коллега успешно заканчивает переговоры, и вы чувствуете удовлетворение. На радио, там, где вы ничего не можете видеть, а только слышите, включение звуков, которые «приближают» слушателей к описываемому действию, активирует эти нейроны. Интерес к передаче возрастает, и даже появляется желание дослушать ее до конца.

Подытожим: наше выживание сильно зависело и зависит от понимания действий, намерений и эмоций других людей. Сегодня мы знаем, что можем симулировать их автоматически, не задумываясь, не прибегая к логике и анализу, благодаря многообразию зеркальных нейронов.

Во взрослом мозге есть области, настолько же пластичные, как и у детей. Мы способны производить новые связи, усиливать существующие и даже **создавать** новые нейроны. Благодаря этому можно учиться в любом возрасте. Это открытие было сделано совсем недавно — еще 12 лет назад мы думали, что рождаемся с полным набором нейронов на всю жизнь. Но не все новости хорошие: мы также теряем некоторые синаптические связи по мере взросления. По некоторым подсчетам, у нас умирает около тридцати тысяч нейронов в день. К счастью, мозг сохраняет способность изменять свою структуру и деятельность в ответ на то, что с нами происходит в жизни.

Создавать — значит исследовать возможности!

В том, что касается обучения и творчества, нужно брать пример с детей: они прекрасно понимают, что открытие сопровождается удовольствием, радостью и счастьем. Любопытство как наркотик: оно влечет к новым исследованиям, позволяющим получить больше радости. Эта четкая система поощрения продолжит действовать в школьные годы, если до того позволить ей расцвести.

По мере взросления оказывается, что обучение не только доставляет удовольствие, но и превращает нас в профессионалов. Настоящий знаток своего дела достаточно уверен в себе, чтобы обдуманно рисковать. Если наши дети не падут жертвами своего любопытства, они могут стать лауреатами Нобелевской премии. К сожалению, как мы говорили в первой главе, мы, взрослые, выхолащиваем этот естественный цикл обучения-радости. В начальной школе дети узнают, что учеба сводится к сдаче экзаменов. Что смысл приобретения новых знаний не в том, чтобы познакомиться с чем-то интересным, а в том, чтобы отчитаться по пройденному материалу. Увлеченность отходит на второй план, в то время как самым частым вопросом становится: что мне нужно сделать, чтобы сдать все экзамены?

Несмотря на это, история показывает, что у многих людей общественные стереотипы не подавляют природного любопытства и благодаря ему они добиваются успеха. Вот вам самый актуальный пример: компания Google выделяет своим сотрудникам 20% свободного времени, давая им возможность исследовать, предаваясь неограниченному полету мысли. Результаты налицо: 50% их продуктов (в том числе Gmail и Google News) — плод таких неформальных занятий. Хороший повод спросить себя, как сделать то же самое в наших классах и офисах? Это свободное время, которое в Google называется Innovation Time Off (свободное время для инноваций), впервые было введено намного раньше компанией 3M (The Minnesota Mining and Manufacturing Company), которая создает разные изобретения вот уже более 75 лет и которая недавно заняла третью строчку (вслед за Apple и Google) в списке самых инновационных компаний. Среди ее наиболее известных продуктов — клейкие листочки Post-it Notes и прозрачная клейкая лента. Успеху этой компании в значительной мере способствовала политика «гибкого внимания». Вместо того чтобы требовать от своих сотрудников постоянной концентрации внимания в течение восьми рабочих часов, их побуждают заниматься тем, что на первый взгляд кажется непродуктивным, например прогуляться, раскинуться в удобном кресле и посмотреть в окно, помечтать. Мы уже знаем, что именно в эти минуты расслабления и наслаждения чаще всего случаются озарения. Если вы застряли при решении проблемы, сходите погулять. Единственное условие, которое ставит своим сотрудникам компания 3M, — делиться с коллегами тем, что с ними происходит: советы других людей, с иной точкой зрения и отличным опытом, повышают качество идей и зачастую ведут к их осуществлению.

Как мы уже видели, мозг эволюционировал особым образом, чтобы реагировать на угрозы, атаки, агрессию, различать правду и неправду, избегать разочарований. Значительную часть времени мозг проводит в «аварийном режиме» из-за стиля современной жизни и огромного количества стимулов.

Почему же, будучи умными, мы эволюционировали таким образом, что создали самим себе столь враждебную и стрессовую обстановку? Возможно, потому что мы одновременно и амбициозны, и креативны. Мы никогда не удовлетворяемся достигнутым и беспрестанно ищем лучшие решения. Изобретения дорого нам обходятся, но и вознаграждаются тоже хорошо: многие болезни были побеждены, мы создали множество произведений искусства, расшифровали геном и можем общаться с любым человеком в любой точке мира. Все это благодаря тому, что мы используем базу данных мозга и можем на ее основе импровизировать — совмещаем логику и творчество. Но, в то время как логика преподается и изучается в школе, дома, на работе и в обществе, с творчеством дела обстоят иначе. Теперь, когда до конца книги осталось немного, пора дальше развивать наши творческие способности.

ТЕХНИКА: ПРОВОКАЦИЯ

Очень полезна для разрушения устоявшихся шаблонов и нахождения нестандартных идей.

Запишите какое-нибудь провокационное утверждение (иногда оно может показаться глупым и смешным): «В бассейне не нужна вода».

Исследуйте все «за» и «против» того, что вы написали, и тех идей, которые предполагает это утверждение: наполнить бассейны матрасами, поролоновыми шариками, организовать выставку произведений искусства в пустых бассейнах и т. д.

ТЕХНИКА: ЖУРНАЛЫ

Купите в киоске четыре-пять журналов, которые вы никогда не читали (о путешествиях, цветах, интерьере и т. д.).

Случайным образом выберите номер страницы (например, 44-ю).

Откройте эту страницу в каждом из журналов и посмотрите, что там (фотография, рисунок, заметка, реклама и т. д.).

Сосредоточьте свое внимание на том, что вы увидели, и попробуйте применить это к своей творческой задаче.

ТЕХНИКА: ТАНЦОР

Посмотрите выступление танцора (танцовщицы) на канале искусств или на YouTube (классический, джаз, современный, ламбада и т. д.).

Обратите особое внимание на его (ее) танец. Смотрите очень внимательно в течение одной или двух минут подряд.

Напишите существительное, глагол, прилагательное и наречие, которые пришли на ум, когда вы смотрели видео, о чем оно вам напомнило.

Примените эти четыре слова к своей творческой задаче.

Я забыл, что забыл тебя

В первые моменты, когда мы что-то узнаём, мы способны это запомнить. У мозга есть разные типы памяти, и многие из них работают на полуавтомате. Наука еще очень мало знает о том, как они согласуются. Можно с уверенностью утверждать только то, что память не является чем-то уникальным. Она как чужак, захватчик, который позволяет прошлому опыту постоянно вмешиваться в настоящую жизнь.

По мере взросления наш опыт придает мозгу форму при помощи памяти. Для такого хрупкого существа, как человек посреди африканской саванны, отсутствие памяти и возможности запоминать вещи — чтобы не повторять те же ошибки или не попадать в те же ловушки, — несомненно, означало бы исчезновение вида. Любой человеческий навык, связанный с познанием, например способность писать или говорить, существует благодаря возможности запоминать. Таким образом, память не только позволила нам существовать и выживать, но и сделала нас людьми.

Удивительно, но в целом по прошествии 30 дней мы забываем 90% того, что узнали на лекции или занятии, причем значительная часть улетучивается из головы сразу, в первые часы. Сегодня достоверно известно, что можно дольше удерживать в памяти какие-либо сведения, просто повторив усвоенное несколько раз через определенные промежутки времени. Время между повторениями — самый важный компонент превращения временных воспоминаний в более длительные. Запомнить номер своего телефона достаточно просто, однако его поиск в памяти включает, например, визуализацию ситуации, когда мы последний раз его видели или записывали. Но вспомнить, как кататься на велосипеде, — это совершенно другое: у вас нет ни списка, ни детальной инструкции, которая подскажет, куда поставить ногу или руку, как держать спину и т. д. Несмотря на это, мы запоминаем, как кататься на велосипеде, так же хорошо, как и номер телефона. Таким образом, существует декларативная память, для которой требуется осознанное внимание (номер телефона), и другая, для которой этого не нужно, — скрытая память (моторные навыки езды на велосипеде).

Декларативная включает четыре этапа: регистрацию, сохранение, поиск и забвение. Во время регистрации описывается то, что происходит в момент обучения, когда мозг встречает новую единицу декларативной информации. Этот момент обучения или регистрации столь же таинствен, сколь и сложен. Мы сегодня мало знаем об этом процессе: пожалуй, лишь то, что этот небольшой кусочек информации, поступая в мозг, делится на мелкие частицы, которые отправляются в разные области мозга.

Группе людей показали десять написанных слов. Затем их разделили на две подгруппы. Участников первой подгруппы попросили выделить слова с буквами, в написании которых присутствуют диагональные линии; второй группе дали задание подумать над значением каждого слова и отметить по шкале от одного до десяти, насколько оно им нравится. Через несколько минут обе группы попросили записать слова, которые они запомнили из этих десяти. Те, кто изучал значение и привлекательность слов, показали в два-три раза лучший результат, чем те, кто смотрел лишь на написание букв. Значит, чем сложнее процесс регистрации информации, тем длительнее память.

Чарльз Дьюэлл, директор Патентного бюро США, в 1899 году сказал: «Все, что могло быть изобретено, уже было изобретено». Гровер Кливленд в 1905 году выразил такое мнение: «Ответственные и чуткие женщины не захотят голосовать». Роберт Милликен, лауреат Нобелевской премии по физике 1923 года, заявил: «Человек никогда не сможет приручить силу атома». Лорд Кельвин, президент Королевского общества, в 1825 году заметил: «Машины тяжелее воздуха летать не могут». Прусский император Вильгельм I предрекал провал железных дорог: «Никто не будет платить за то, чтобы доехать из Берлина в Потсдам за час, если на своей лошади можно добраться бесплатно за день».

Другое свойство памяти: поиск уже зарегистрированной и сохраненной информации оказывается более эффективным в условиях, аналогичных атмосфере регистрации. Это называется контекстно ориентированным обучением. Если вы что-то узнали в минуты печали, это вспомнится скорее всего, когда вам снова будет грустно. Кроме того, чем больше человек сосредоточен, усваивая новую информацию, тем лучше он регистрирует ее в памяти. То есть, если вы что-то учите и не понимаете, даже не пытайтесь ничего запомнить: это не будет иметь никакого смысла.

Знаменитая «зубрежка», которая, в общем-то, не предполагает вникание в то, что вы учите, может выйти боком, если на экзамене вас попросят не вспомнить, а пояснить или соотнести эту информацию с чем-то другим. Также доказано, что для лучшего запоминания очень эффективно использование реальных примеров или знакомых ситуаций. Более личные сведения лучше регистрируются и легче вспоминаются. Если вы пытаетесь эффективно передать информацию другому человеку, обучая его или общаясь с ним, хорошее введение в тему — возможно, один из важнейших факторов успеха. Чем больше нейронных структур задействовано в момент обучения, тем легче затем получить доступ к информации и вспомнить ее.

По некоторым подсчетам, каждый хотя бы раз в неделю переживает момент, когда хочется сказать: «На кончике языка вертится». Интересно, что подобный сбой памяти, когда что-то не вспоминается, сопровождается глубоким убеждением, что вы это знаете. Поэтому мы тратим много усилий и умственной энергии, чтобы попытаться восстановить в памяти это потерянное слово, имя или понятие. Разум обладает естественной способностью выявлять проблему и оценивать, каким образом прийти к искомому результату. Это называется «ощущением знания». Когда это происходит, вы уверены, что проблема будет решена, если продолжать над ней думать. Существуют исследования, показывающие, что, когда вы сталкиваетесь с задачей, для решения которой не требуется озарения, разум очень точно определяет, как именно к ней нужно подойти. Просто поняв проблему, вы знаете, что, **принявшись за работу, добьетесь оптимального результата**, и это мотивирует вас сосредоточиться на ней. В противном случае, если кажется, что вы не продвинулись, уперлись в стену, скорее всего, понадобится озарение. В таком случае продолжать концентрироваться и расточать энергию — пустая трата времени. Необходимо расслабиться, чтобы увеличить количество альфа-волн. Самое продуктивное, что вы можете сделать, — это забыть о поставленной задаче.

Старые новые воспоминания

Процесс превращения кратковременной памяти в долговременную называется консолидацией. Сегодня известно, что существует прямая связь между повторением и памятью. Самый эффективный способ запомнить что-то на более длительный срок (консолидировать) состоит в том, чтобы несколько раз целенаправленно подвергнуть себя воздействию этой информации.

Вначале память очень гибка, хрупка, и существует большой риск ее угасания. Большинство стимулов и обрывков информации, которые мы встречаем в повседневной жизни, относятся к этой категории. Как кратковременная память может быть декларативной и скрытой, долговременная также делится на несколько видов. Ученые до сих пор спорят о том, какие это разновидности. Но все выделяют систему **семантической памяти**, которая запоминает, например, любимый торт мамы или сколько вы весили в школе. Также описывают **эпизодическую память**, отвечающую за сохранение всех эпизодов прошлого с их главными характеристиками: что произошло, кто участвовал, где вы находились и т. д. Кроме того, известно, что обучение проходит лучше, когда новая информация поступает в память постепенно, а не разом.

А забывание? Забывание играет очень важную роль в жизни, так как позволяет отдавать приоритет определенным происшествиям. Не относящиеся к выживанию события занимают в мозге слишком много места, и мы их просто забываем. Есть разные типы забывания, но все они делают одно: оставляют в стороне один кусок информации, чтобы освободить место или отдать приоритет другому. Как мы уже видели, память не только делает нас людьми, но и оказывается чрезвычайно важной для выживания. Способность регистрировать и сохранять все, что мы переживаем в жизни, — основа формирования всех идей. Не забывайте: творчество и все необычные идеи, которые приходят в голову, — это всего лишь смесь понятий, опыта, информации, данных, внешне не связанных знаний, которые сохранены в каком-нибудь уголке памяти. Все эти моменты были прожиты нами однажды и бережно упакованы памятью в нейронные «ящики», в особенности в подсознании. Вспомните теорию умной памяти Эрика Канделя из третьей главы.

Подсознание учится первым

Представим себе четыре колоды карт — две красные и две синие. Карты лежат лицом вниз, и колоды разложены в ряд. Если перевернуть карту, увидим фразу о том, что мы выиграли или проиграли какую-то сумму денег. Игра состоит в том, чтобы постараться выиграть максимальное количество денег, переворачивая карты. Но участники не знают, что карты красной колоды предлагают бо́льшие премии, но и столь же значительные проигрыши. Более того, заработать можно, только вытягивая синие карты, которые дают скромные выигрыши, но и не влекут больших потерь.

Вопрос вот в чем: сколько в среднем карт должны перевернуть люди, чтобы понять, что только синие колоды позволят заработать деньги? Это так называемый айовский карточный эксперимент, который был повторен также в других странах. Анализ этого эксперимента показывает, что участники понемногу осознают, что «что-то происходит», примерно с пятидесятой карты. В этот момент чувствуется конфликт, и они начинают выбирать синие колоды, однако без какой-либо определенной причины. Только перевернув восьмидесятую карту, испытуемые могут объяснить, что происходит и почему. **Таким образом работает и наша логика.**

Мы получаем опыт, осмысляем его, формулируем теорию и в конце концов делаем выводы. Так же протекает обучение.

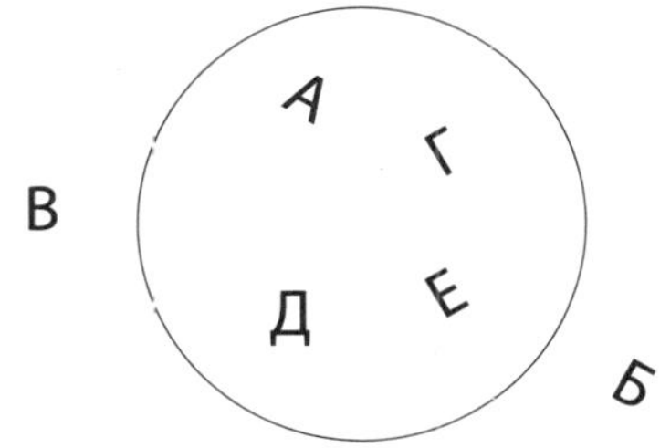

Вы можете быстро определить, как распределятся остальные буквы алфавита, какие окажутся внутри окружности, а какие — за ее пределами? Если вы думаете, что это сложная умственная задача, которая строится на запутанной системе, то ошибаетесь. Решение лежит всего лишь в написании или форме букв. Буквы с округлостями, такие как «Б» или «В», окажутся вне окружности, а буквы, состоящие из прямых линий, то есть «А», «Г», «Д» или «Е», окажутся внутри. Если у вас хорошо развита интуиция, едва увидев буквы на странице, вы сразу дадите правильный ответ.

Когда тот же самый эксперимент повторяют, присоединив ладони участников к аппарату, измеряющему потливость — показатель стресса или нервозности, где-то в районе десятой карты появляется стрессовая реакция на вытягивание карты из красной колоды. За сорок карт до осознания того, что «что-то происходит»! В тот же момент, все еще не отдавая себя отчета, люди начинают чаще выбирать синие карты. Другими словами, **мы обнаруживаем в игре подвох еще до того, как это осознаём**. Мы начинаем вносить необходимые изменения, переворачивая больше синих карт, чем красных, даже не задумываясь об этом.

Можно заключить, что мозг использует две разные стратегии для понимания ситуации. Первая — осознанная, более привычная, при которой мы обдумываем то, чему научились, и приходим к логичному и убедительному ответу, что, однако, происходит медленно и требует большого количества информации (карта 80). Вторая, быстрая, стратегия позволяет практически сразу уловить ловушку красных карт, но трудность состоит в том, что она действует — по крайней мере поначалу — за пределами сознания, хотя и отправляет нам сообщения по непрямым каналам, в данном случае — через потные руки. **Мозг делает выводы, не оповещая нас об этом.** Эта вторая стратегия, которую психолог Герд Гигеренцер называет «быстрой и простой», известна в нейронауке как «адаптивное подсознание» (отличное от темного и мрачного фрейдовского подсознания, занятого настолько возмутительными желаниями, воспоминаниями и фантазиями, что мы не можем думать о них осознанно).

Адаптивное подсознание похоже на суперкомпьютер, который быстро и незаметно обрабатывает бóльшую часть данных, которые нам жизненно необходимы. Например, если мы переходим дорогу, по которой на полной скорости мчится грузовик, у нас нет времени анализировать все варианты спасения своей жизни. В такой ситуации адаптивное подсознание примет быстрое решение, основываясь на весьма скудной информации. Это датчик, который дает представление о состоянии окружающей среды, предупреждает об опасности, позволяет установить цели и начать действовать искусно и эффективно. Кроме того, мы, люди, можем быстро переключаться между сознательным и бессознательным режимом обдумывания ситуации. Рассмотрим пример: если я приглашаю вас к себе домой на ужин, я принимаю осознанное решение, основанное на желании поговорить с вами и предчувствии того, что мы хорошо проведем время. Но за ужином мы можем спонтанно и неосознанно начать говорить о политике. Этим занимается другая область мозга. В целом мы часто используем адаптивное подсознание, когда встречаемся с кем-то впервые, проводим собеседование при приеме на работу, реагируем на новую диету или вынуждены мгновенно принять решение в состоянии стресса.

Доктор Налини Амбади провела классический эксперимент, демонстрирующий важную роль адаптивного подсознания в принятии решений. Она показала группе студентов три десятиминутные видеозаписи лекций разных преподавателей, но без звука, а затем попросила оценить этих преподавателей. Интересно, что оценка, которую получили преподаватели в конце семестра, незначительно отличалась от этой первичной оценки студентов. Еще интереснее то, что, даже если показывалось всего пятисекундное видео, оценки оставались без изменений. Убедительное доказательство силы адаптивного подсознания.

Профессор Калифорнийского университета Джордж Турин утверждает, что для решения проблем с помощью интуиции мы используем следующие элементы:

1. Способность понять, как подойти к проблеме, без осознания, откуда мы все знаем.

2. Возможность разрешить проблему из одной области, имея опыт решения схожих проблем в совершенно других областях. Умение видеть связи и отношения между идеями и предметами.

3. Способность определить корень проблемы.

4. Умение распознать решение только потому, что «я чувствую»: оно правильное.

Если, принимаясь за какую-либо задачу, вы чувствуете в себе эти способности, это значит, что у вас очень сильно развита интуиция.

А если она не столь действенна, можно натренировать ее при помощи упражнений, представленных в этой книге.

Как мы видели на примере айовского эксперимента с красными и синими колодами, одна часть мозга, адаптивное подсознание, работает за пределами сознания. Мы даже не отдаем себе отчета, когда оно принимает важные решения, касающиеся нашего окружения и нас самих. Но эта область мозга отправляет нам сообщения (например, вызывая потение рук), она «говорит» с нами, что-то шепчет. Зачастую умение прислушиваться к тому, что пытается сообщить подсознание, позволяет нам лучше понять и полнее осознать себя. Не будем забывать, что в истории человечества все великие творческие личности обладали способностью к глубокому самопознанию, называемому ныне «интерперсональным эмоциональным интеллектом». К сожалению, адаптивное подсознание не разговаривает с нами на рациональном языке мышления. Оно общается другими способами — при помощи психических состояний. Понимание того, в каком состоянии или состояниях мы находимся в различных ситуациях в те или иные моменты или вообще в жизни, позволяет нам лучше познать себя, что, в свою очередь, помогает определить, например, эффективность какого-либо действия. Разделим эти состояния на четыре категории.

Научиться прислушиваться к себе

Первое состояние — эмоциональное. В повседневной жизни и работе нас настигают чувства неудовлетворенности, раздражения и отчаяния, в то время как мы мечтаем о радости, удовлетворении, игре, любопытстве. Как мы уже видели в предыдущей главе, они тесно связаны с подсознанием. Второе состояние — эмоционально-физическое. Оно дает информацию о том, что чувствует тело: стресс, напряжение, усталость или удобство, легкость и расслабленность. Третье, умственное состояние, отражает, что происходит в вашей голове. Ясные ли у вас мысли, вы сосредоточены, чувствуете доверие и безопасность и открыты новым идеям, или же ваш разум отвлечен, рассеян и остановился на одном-единственном решении. И, наконец, четвертое состояние, духовное. Здесь я позволю вам использовать собственный опыт и подобрать определение духовной энергии. Это может быть религиозное переживание или просто понимание, что вы связаны с самим собой, с работой, с миром, с людьми, с творческой задачей или же никак ни с чем не связаны.

Ясно одно: эти четыре состояния постоянно меняются в зависимости как от внешних стимулов, так и от внутренних процессов, осознанных или нет. Лучший способ наблюдать за своими состояниями — расслабиться и три раза глубоко и медленно вдохнуть. Потом записать все, что вы чувствуете в каждом из четырех описанных состояний, разбить ощущения на категории. Это один из вариантов того, как можно установить связь со своими состояниями и научиться осознавать моменты, когда мозг обнаруживает что-то интересное. Чем больше внимания вы уделяете своим ощущениям и реакциям на определенные стимулы, тем более вовлеченным в мыслительные процессы вы себя чувствуете. Вы проще принимаете правильные решения и с большей легкостью к ним относитесь. Хороший пример: когда человек описывает свои предчувствия и то, как они выражаются, он говорит о перемене состояний (кровь в жилах стынет, потеют руки, сердце бьется сильнее и т. д.). Если замечаете особые состояния, лучше остановиться и постараться понять их значение. Помните: чем лучше вы замечаете и понимаете эти изменения в состояниях, тем более осознанно действуете.

Короче говоря, почти вся информация, полученная от стимулов внешнего мира, уходит в подсознание, и только совсем незначительная часть осознается. Можно сказать, что сознание сильно шумит, ограничено и не может заниматься многими вещами, в то время как подсознание обладает огромным потенциалом, но кажется безмолвным. Таким образом, в подсознание постоянно вливается грандиозный поток информации, улавливаемой органами чувств.

СКРОМНЫЙ И ВЛАСТНЫЙ

Для того чтобы объяснить отношение между сознанием, бессознательным и творчеством, Ричард Уайзман использует интересную аналогию.

В комнате два человека. Один из них очень творческий, но застенчивый. Другой — умный, очень властный, но без особых творческих способностей. К ним обращаются в поисках идей для решения определенной проблемы. Очевидно, что властный человек начнет предлагать идеи — хорошие, но не новаторские. В разговоре он возьмет инициативу, не давая творческому человеку слова. Представьте теперь тот же самый сценарий, только властный человек на этот раз часто отвлекается на просмотр каких-нибудь фильмов. В таких обстоятельствах скромный сможет высказаться. Все его задумки будут намного изобретательнее, чем идеи его товарища. Это хорошая аналогия отношений между разумом и творчеством. Скромный человек — это подсознание, оно может произвести великолепные идеи, но зачастую его сложно услышать, а властный персонаж представляет собой сознание рациональное, но не слишком новаторское, и часто его сложно заставить замолчать.

ИНТУИЦИЯ

Чарльз Мерилл из компании Merrill Lynch однажды сказал, что, если принимать решения быстро, в 60% случаев они оказываются верными. Но, если вы берете время на анализ ситуации и находите взвешенное решение, эффективность составляет 70%. Совсем небольшая разница. Чарльз утверждает, что эти 10% не стоят того, чтобы тратить на них время, необходимое на тщательное обдумывание.

Любой человек может тренировать, развивать и улучшать свои интуитивные способности.

Но, если вы слушаете свою интуицию, затем обдумываете ситуацию и в конце концов сочетаете оба подхода, результат будет значительным.

Упражнение 1

Попробуйте угадать, как разовьется ситуация, прежде чем детально ее проанализировать.

Упражнение 2

Сформулируйте вопросы, на которые вы знаете ответ, и ответьте про себя «да» или «нет».

Например: сегодня мой день рождения? Мою маму зовут Сильвия? Завтра пятница? Мне нравится эта книга? И так далее.

Обратите внимание, что меняется в сознании, когда вы отвечаете «да» или «нет». Вы видите вспышку, зеленый цвет, стрелку, когда говорите «да»? Красный цвет, крест, темноту, когда говорите «нет»?

Сконцентрируйтесь на том, как разум принимает этот ответ. Идея в том, чтобы понять себя лучше через осознание своих состояний во время ответа «да» или «нет». Тренируйтесь на знакомых ситуациях. Постепенно вы заметите: когда появляются вопросы, на которые вы не знаете ответа, интуиция отправляет вам сигналы (стрелки, кресты, цвета и т. д.).

Упражнение 3

У вас звонит телефон. Не глядя на экран, попробуйте угадать, кто это. Мужчина? Женщина? Коллега? Родственник? Это обычный звонок? Или что-то новое? Звонят из вашего города? А может, это междугородный звонок? И так далее.

Вы идете на работу. Как сложатся сегодня дела? Вы что-то продадите? Не продадите? Что будут раскупать больше всего? Изделия каких цветов будут лучше продаваться? В каком месте автобус пойдет на обгон? И так далее.

Вы приходите на работу и, прежде чем открыть электронную почту, спросите себя: сколько писем мне сегодня пришло? Сколько спама? Сколько сообщений от родственников? Сколько писем по работе? Сколько среди них неожиданных, странных или необычных?

Пора спать

Часто говорят: что может быть лучше хорошего сна? Мы встаем бодрыми и готовыми встретить все трудности дня. Все знают: бессонница или плохой сон могут повлиять на настроение и даже уровень стресса. Сон не только дарит приятные ощущения, но и благотворно сказывается на способностях к обучению и на памяти. Исследования на животных показывают, что сон увеличивает количество нейронных связей на раннем этапе развития. Например, у котов, которые переживают резкую смену обстановки и спят в течение шести часов, образуется в два раза больше нейронных связей по сравнению с теми, которых заставляют бодрствовать.

Что происходит, если мы не спим? Рэнди Гарднер в 1965 году в возрасте 17 лет решил попробовать не спать 11 дней подряд для школьного эксперимента. Ученый Уильям Демент наблюдал за Рэнди эти полторы недели и фиксировал изменения его состояния. В первые дни мозг функционировал плохо, Рэнди был раздраженным, испытывал тошноту, у него появились пробелы в памяти, и, конечно, он был очень-очень уставшим. На пятый день его симптомы можно было принять за болезнь Альцгеймера: появились галлюцинации, он был дезориентирован и страдал паранойей. В последние четыре дня эксперимента Рэнди потерял моторные функции, его пальцы дрожали, и он почти не мог говорить. Невероятным образом юноше удалось довести эксперимент до конца, но к его концу он подошел в плачевном состоянии.

Без сомнения, сон очень важен, так же как вода, которую мы пьем, и воздух, которым дышим. Треть жизни мы тратим на сон, однако наука не может с точностью сказать, зачем он нужен. Если бы мы могли заглянуть внутрь мозга, то увидели бы, что он, кажется, никогда не спит. Более того, в состоянии отдыха мозг крайне активен. Единственный момент, когда наступает тишина и потребляется меньше энергии, — это фаза глубокого медленного сна. Она занимает около 20% нашего сна и 50% сна младенцев. Можно сказать, что, когда мозг спит, он на самом деле не отдыхает. Впрочем, во время сна отдыхают другие части тела. Если же рассуждать в эволюционном плане, сон должен быть невероятно важным, ведь предаваться ему в африканской саванне означало оказаться во власти хищников.

Согласно одним исследованиям, вести машину, не поспав ночью, так же опасно, как и садиться за руль пьяным. Другие исследования показывают, что очень эмоциональные и беспокойные люди в кризисные или стрессовые моменты спят меньше, в то время как те, кто игнорирует свои эмоции и концентрируется на делах, в такие периоды спят даже больше обычного.

Когда вы не используете какую-либо мышцу, эта мышца ничего не делает; но, когда мозг предположительно бездельничает, на самом деле он занят множеством вещей.

Маркус Райхл

У кого никогда не было девушки или парня, которые хотели пораньше лечь спать, в то время как мы могли с легкостью и без усилий просидеть до двух или трех часов ночи за просмотром фильма или за кружкой пива в баре? Или наоборот. Научная литература утверждает, что десятая часть населения относится к утреннему хронотипу. Такие люди просыпаются без будильника раньше шести часов утра, предпочитают завтрак обеду или ужину и почти не пьют кофе, но при этом ложатся спать в девять вечера, и пик их производительности приходится на предобеденные часы. Это не мой случай. Два человека из десяти относятся к вечернему хронотипу: они ложатся не раньше трех часов ночи, но без будильника способны проспать до десяти утра или даже дольше. Им необходим кофе, они продуктивны около шести вечера и, конечно, больше всего любят ужин. К сожалению, такие люди накапливают в своей жизни огромный недостаток сна. Остальные находятся между этими двумя крайностями. Мы до сих пор не можем сказать, сколько часов сна нужно для лучшего функционирования. Циклы сна варьируются в зависимости от человека, его возраста, пола, состояния (например, беременность или переходный период). Но мы можем установить необходимый минимум. Ответ не слишком научен: если вы просыпаетесь и чувствуете, что нужно поспать еще немного, это «немного», прибавленное к тому, сколько вы уже проспали, и есть ваш минимум. Столько сна вам необходимо, чтобы с мозгом ничего не случилось.

В течение долгого времени в науке полагали, что склонность к дневному сну обусловлена нехваткой ночного или плотным обедом. Сегодня некоторые ученые считают, что продолжительный ночной сон в сочетании с коротким дневным повторяет естественную для человека модель сна. Исследование, проведенное НАСА, показало: 26 минут дневного сна улучшает производительность их пилотов более чем на 34%. Другое исследование доказало, что 45 минут сна увеличивает когнитивные способности в течение следующих шести часов.

Когда мне нужно выступать после обеда, я знаю — предстоит нелегкая битва.

Известная фраза «утро вечера мудренее» подкрепляется сотнями публикаций. Хороший ночной сон улучшает наши способности к обучению при решении определенных задач, а также способствует появлению озарений.

УДОВЛЕТВОРЕНИЕ

Появляется все больше научных данных, показывающих, что сновидения помогают устанавливать неожиданные связи. Если мы видим сны, то не беспокоимся о логике, истине или здравом смысле. Вместо того чтобы подвергнуть критике бродящие в голове мысли, приветствуем свободу ассоциаций. В мае 1965 года Кит Ричардс увидел во сне аккорды одной из культовых песен в истории рок-музыки — (I Can't Get No) Satisfaction.

Люди, которые спят днем и видят сны, проснувшись, решают на 40% больше задач на ассоциации, чем с утра. Когда вам что-то снится, префронтальная кора выключается, и открывается масса удивительных связей. Большинство из этих идей ни на что не годятся, но что-то может стать решением проблемы, пришедшим посреди ночи.

Плохой сон выводит из строя до трети способности тела извлекать пользу из пищи, а именно умение производить инсулин и выделять глюкозу — любимый десерт мозга. Был проведен эксперимент, показавший, что обмен веществ здорового 30-летнего человека, лишенного сна шесть дней подряд, и того, кто спит всего по четыре часа, сравним с метаболизмом 60-летнего. На восстановление естественной системы участников ушла неделя здорового сна.

Таким образом, если мы хотим повысить производительность, нам следует продвигать в своей компании перерыв на дневной сон и особые часы работы для тех 30%, которые относятся к утреннему или вечернему хронотипам. Если вам предстоит экзамен, лучше всего хорошенько выспаться, вместо того чтобы зубрить всю ночь. Новые воспоминания формируются, когда мы видим перед собой новую информацию, которую необходимо выучить, например список слов или ноты. Эти новые воспоминания хрупки и могут быстро пропасть. Чтобы они сохранялись, их нужно упрочить при помощи процесса консолидации памяти. В нем укрепляются связи между нейронами в разных частях мозга. В течение долгих лет считалось, что это происходит со временем. Но серия экспериментов, проведенных в 2005 году в бостонском Медицинском центре «Бет Израэл Диконесс», показала, что время, выделяемое на сон, играет основную роль в процессе сохранения воспоминаний и консолидации памяти.

Недостаточный сон приводит к стрессам, ослаблению способности принимать правильные решения и полноте. И это только начало. Плохой сон связывают с высоким риском сердечного приступа.

Для того чтобы хорошо выспаться, попробуйте ложиться спать пораньше и вставать в одно время. Тело привыкает к повседневному распорядку. Не употребляйте кофеин в течение восьми часов перед сном. Днем займитесь аэробикой (прогуляйтесь, поплавайте, побегайте). Но исключите физическую активность в последние два часа перед сном. Спите в комнате с хорошей вентиляцией, без резких скачков температуры и с минимумом света. Если не можете затемнить комнату, спите в маске. Не используйте будильник с большими и яркими цифрами. Генератором шума, например вентилятором, заглушите шумы извне, которые могут вас разбудить. Или используйте беруши. Если не можете заснуть за 30 минут, встаньте и займитесь какой-нибудь расслабляющей деятельностью. Если оставаться в кровати, беспокоясь о невозможности заснуть, бессонница усугубится.

ДАЛИ

Что делал Сальвадор Дали? Он садился в удобное кресло, ставил на пол стакан и держал над ним ложку. По мере того как он расслаблялся и засыпал, его рука отпускала ложку, которая падала в стакан и будила его шумом. Проснувшись от этого звука, Дали немедленно садился зарисовывать все те невероятные и странные образы, которые появились в его голове в этом полусонном, полуосознанном состоянии.

Все заканчивается, чтобы начаться снова

Что мы узнали?

Если мы видим что-то знакомое, то осознаём и придаем этому определенный смысл. Не тратим большого количества времени или энергии на анализ. Модели мышления, навыки и привычки накапливаются по мере взросления. Благодаря им мы многое упрощаем и выполняем значительную часть повседневных дел быстро и хорошо.

Для того чтобы стать творческими, нужно комбинировать и смешивать понятия. Модели мышления изменяются, и возникают новые идеи. Смешение разных понятий включает наше воображение. Творческие люди придумывают невероятные идеи не потому, что они умнее, более образованные, обладают бóльшим опытом или генетически расположены к изобретательности. По сути, их дело — по-новому сочетать разные концепции. Это самый важный инструмент для производства все большего числа новых идей. Эти люди вкладывают время и «намерение» в развитие своей творческой энергии, **концентрируя** свое внимание на творческой задаче. Они наслаждаются процессом и очень любопытны.

Каждый раз, когда мы что-то чувствуем, видим, думаем, говорим или решаем сделать, активируются особые нейронные связи. Все нейроны общаются между собой посредством сигналов, создавая синапсы. Например, когда мы видим машину, активируются одни нейронные связи, а если слышим лай собаки — другие. В общих чертах творческое мышление подразумевает активацию абсолютно новой, уникальной нейронной связи. Кроме того, исследование этих структур, их свойств и строения позволит нам лучше понять процесс мышления в целом.

РАССЛАБИТЬСЯ — ЭТО НЕ МОЕ

Если вам сложно думать об абстрактном понятии расслабления, можете заменить его представлением об ощущениях теплоты и тяжести. Закройте глаза, примите удобную позу и вообразите, что ваши руки и ноги наливаются тяжестью и теплеют.

Не думайте о слове «расслабление», замените его словами «тяжесть и теплота», и это поможет вам расслабиться.

Творчество, без сомнения, — один из наиболее важных инструментов выживания и эволюции. Несмотря на это, оно часто воспринимается другими как что-то избыточное. Под влиянием общества мы всегда стараемся развивать рациональные способности. Чтобы довести до максимума творческий потенциал, в школьном расписании должно быть отведено место соответствующим упражнениям. Взрослый мир, кажется, полон ответственности и весомых решений. Тем не менее мы часто путаем важное и серьезное. Когда в последний раз на нас нападал леопард? Последствия наших действий могут быть серьезными, но в современной жизни редки ситуации, требующие от нас быстрой оценки или мгновенной эмоциональной реакции, как, например, начать драться или убежать.

Для решения проблем, с которыми мы сталкиваемся сегодня, прежде всего необходим другой тип мышления. И его можно развить. Нужны культурные изменения, затрагивающие систему ценностей. Игра должна поощряться в том числе и среди взрослых. Нам нужно продвигать деятельность, которая не обладает реальным воздействием на жизнь, карьеру, доход, уклад или социальные связи. Перестаньте постоянно вести себя правильно и просто попробуйте получить удовольствие от какой-то деятельности самой по себе. В детстве инстинкт побуждал нас извлекать максимальную пользу из окружения, вместо того чтобы быть чересчур воспитанными и предусмотрительными. Со временем механизмы защиты стали играть важную роль в поведении. Нам пришлось стать правильными и осторожными, чтобы избежать физической и эмоциональной боли. Это превратило нас в серьезных и практичных людей. Музыка, театр, искусство и игры стали исключительно развлекательными занятиями. Но сегодня нейронаука доказала: вся эта деятельность помогает развивать «творческие мышцы».

Ад — это место, где ничто ни с чем не связано.
Т. С. Элиот

Создание новых ассоциаций или понятий в мозге в основном происходит, когда мы расслаблены и когда ослабевает влияние уже существующих доминирующих нейронных связей. Не только наука, но и многие философские учения с незапамятных времен поддерживают попытки немного ослабить воздействие доминирующих моделей мышления. Даосизм подвигает людей жить проще. По сути, цель дао — это следовать за течением, вместо того чтобы постоянно пытаться контролировать каждый аспект существования. Буддизм особо подчеркивает необходимость осознавать мысли и следить за действиями, чтобы не попасть в ловушку обыденных суждений и желаний. Индусы и йоги советуют отпустить свои желания. Западные практики, такие как прощение и вера, тоже помогают освободиться от доминирующих моделей мышления. Все эти традиции учат нас принимать сложившиеся обстоятельства и не стремиться контролировать то, над чем мы не властны. Не следует любую ситуацию считать вопросом жизни или смерти. Это уменьшает эффективность стрессовых механизмов, которые необходимы, когда мы на самом деле сталкиваемся с чрезвычайной ситуацией.

Обычно мы связываем творческое мышление с особыми проектами, важным заданием на работе, художественной инсталляцией, изобретениями, повышением производительности компании, выбором дизайна для нового продукта. Но в повседневной жизни, вдали от великих задач, мы продолжаем использовать все те же доминирующие модели мышления и реагируем на ситуации на автопилоте. Нужно уравновесить этот механизм автоматического принятия решений творческим подходом. Соответствующий образ мыслей, озарения обеспечивают нам непрерывную эволюцию, особенно сейчас, когда мир, который мы выстраиваем, становится все сложнее.

Ваше время ограничено. Поэтому не тратьте его на то, чтобы прожить чью-то чужую жизнь. Не попадайте в ловушку догмы, которая учит жить в соответствии с мыслями других людей.

Стив Джобс

Для того чтобы воспользоваться этим даром эволюции, мы должны осознавать, что многое делаем автоматически: у нас обычно не бывает времени, чтобы переосмыслить финансы, карьеру и отношения. Нам не хватает времени на то, чтобы обдумать повседневные занятия и сделать жизнь более творческой. Но все эти неосознанные, «автоматические» решения зачастую отнимают у нас больше времени и приводят к неэффективным действиям. В результате мы ошибаемся и переживаем. Творческое мышление — это единственный способ прожить именно свою жизнь, а не чью-то еще.

Честно говоря, мы живем только тогда, когда осознанно принимаем решения, основываясь на бездне возможностей, вместо того чтобы постоянно реагировать одинаково. Это осуществимо только с творческим подходом к жизни.

Ментальные карты

Ментальные карты — один из наиболее простых и действенных инструментов высвобождения творческого потенциала. Они были разработаны британским ученым Тони Бьюзеном, вдохновленным тетрадями Леонардо да Винчи. Сегодня ментальные карты составляют неотъемлемую часть учебных курсов и методов решения проблем во многих компаниях и институтах. Вы можете использовать их для личных целей, например планирования отдыха или карьеры, а также в работе, при подготовке презентаций или собраний, постановке задач и т. д. Но самое ценное в этой практике — это то, что при регулярном применении она учит мозг использовать оба полушария, как делал Леонардо да Винчи.

Представьте, что вам нужно написать обзор последнего просмотренного фильма. Понаблюдайте за тем, как над этим заданием работает мозг. Вы пишете абзац за абзацем, последовательно перечисляя важные моменты? Наверняка нет. Скорее всего, **впечатления** от фильма, **ключевые слова и образы** свободно парят в вашей голове, соединяясь между собой. Ментальная карта — это метод, продолжающий этот естественный процесс, но на бумаге. Это графическое выражение естественных моделей мышления. Не забывайте, что в вашей голове помещается самая удивительная база данных.

Как мы знаем, для творчества нужно соблюдать баланс производства идей и их организации, чтобы своевременно отбирать креативные и реализуемые. В целом мы страдаем «преждевременной организацией», то есть стараемся сразу организовать появившиеся идеи в ущерб созданию других. Ментальные карты освобождают вас от этого диктата. Это приглашение к выработке множества идей в короткий срок. Кроме того, эта техника позволяет представить большое количество информации в ограниченном пространстве. Все ключевые понятия, связанные с определенной темой, будут организованы таким образом, чтобы побудить к поиску ассоциаций. Именно поиск связей между идеями и делает нас более творческими. На мой взгляд, эта практика не только может быть инструментом эффективного решения проблем, планирования и передачи информации, но и учит более гибкому мышлению. Если регулярно создавать ментальные карты, мышление станет более спонтанным, ясным и глубоким. Кроме того, не забывайте: при этом вы работаете и решаете проблемы, развлекаясь.

ТЕХНИКА: МЕНТАЛЬНЫЕ КАРТЫ

Возьмите белый лист, чем больше, тем лучше, и пять-шесть маркеров или цветных карандашей. Положите лист перед собой горизонтально. В центре листа как можно ярче нарисуйте или представьте в виде какого-нибудь символа тему вашей карты. Не беспокойтесь о качестве рисунка. Используйте разные цвета. Оформив центральный образ, начните записывать наиболее показательные идеи по линиям, исходящим из центра. Затем к ним добавляйте ключевые слова и понятия, как ветви дерева. Свободно создавайте ассоциации и постарайтесь как можно быстрее заполнить лист. Создавать идеи в форме ключевых слов просто. Как только вы почувствуете, что набрали достаточно материала при помощи свободных ассоциаций, посмотрите на результат. Все ваши идеи изложены на листе бумаги. Вы заметите связи, которые помогут организовать и обобщить эти задумки. Если встретится повторяющееся слово, возможно, это что-то важное. Соединяйте разные части карты стрелками, кодами и цветами. Удаляйте ненужные участки карты.

Не забывайте использовать изображения, ведь они служат якорями для запоминания ключевых слов. Старайтесь писать по одному слову в строке. Это тренирует внимание и дисциплинирует, чтобы вы могли сосредоточиться и найти нужное слово. Тем самым усиливается ваш образ мыслей. Ментальная карта может быть бесконечной. Она завершена, только когда информации достаточно для решения творческой задачи.

Где купить наши книги

Специальное предложение для компаний

Если вы хотите купить сразу более 20 книг, например для своих сотрудников или в подарок партнерам, мы готовы обсудить с вами специальные условия работы. Для этого обращайтесь к нашему менеджеру по корпоративным продажам: +7 (495) 792-43-72, b2b@mann-ivanov-ferber.ru

Книготорговым организациям

Если вы оптовый покупатель, обратитесь, пожалуйста, к нашему партнеру — торговому дому «Эксмо», который осуществляет поставки во все книготорговые организации.
142701, Московская обл., г. Видное, Белокаменное ш., д. 1;
+7 (495) 411-50-74; reception@eksmo-sale.ru

Адрес издательства «Эксмо»
125252, Москва, ул. Зорге, д. 1; +7 (495) 411-68-86; info@eksmo.ru /www.eksmo.ru

Санкт-Петербург
СЗКО Санкт-Петербург, 192029,
г. Санкт-Петербург, пр-т Обуховской Обороны, д. 84е;
+7 (812) 365-46-03 / 04; server@szko.ru

Нижний Новгород
Филиал «Эксмо» в Нижнем Новгороде,
603094, г. Нижний Новгород, ул. Карпинского, д. 29;
+7 (831) 216-15-91,
216-15-92, 216-15-93, 216-15-94; reception@eksmonn.ru

Ростов-на-Дону
Филиал «Эксмо» в Ростове-на-Дону, 344023, г. Ростов-на-Дону, ул. Страны Советов, 44а; +7 (863) 303-62-10;
info@rnd.eksmo.ru

Самара
Филиал «Эксмо» в Самаре, 443052,
г. Самара, пр-т Кирова, д. 75/1, лит. «Е»;
+7 (846) 269-66-70 (71…73);
RDC-samara@mail.ru

Екатеринбург
Филиал «Эксмо» в Екатеринбурге, 620024, г. Екатеринбург, ул. Новинская, д. 2щ;
+7 (343) 272-72-01 (02…08)

Новосибирск
Филиал «Эксмо» в Новосибирске, 630015, г. Новосибирск, Комбинатский пер., д. 3; +7 (383) 289-91-42;
eksmo-nsk@yandex.ru

Хабаровск
Филиал «Эксмо» Новосибирск в Хабаровске,
680000, г. Хабаровск, пер. Дзержинского, д. 24, лит. «Б», оф. 1;
+7 (4212) 910-120; eksmo-khv@mail.ru

Казахстан
«РДЦ Алматы», 050039, г. Алматы,
ул. Домбровского, д. 3а;
+7 (727) 251-59-89 (90, 91, 92);
RDC-almaty@eksmo.kz

Украина
«Эксмо-Украина», Киев, ООО «Форс Украина», 04073, г. Киев, Московский пр-т,
д. 9; +38 (044) 290-99-44;
sales@forsukraine.com

Если у вас есть замечания и комментарии к содержанию, переводу, редактуре и корректуре, то просим написать на be_better@m-i-f.ru, так мы быстрее сможем исправить недочеты.

Для новых идей

Для новых идей

Для новых идей

Научно-популярное издание

Бахрах Эстанислао

Гибкий ум

Как видеть вещи иначе и думать нестандартно

Главный редактор *Артем Степанов*
Руководитель направления *Вера Ежкина*
Ответственный редактор *Наталья Довнар*
Литературный редактор *Альвина Савкина*
Арт-директор *Алексей Богомолов*
Верстка *Елена Бреге*
Дизайн обложки *Наталья Байдужа*
Корректоры *Елена Бреге, Олег Пономарев*

Подписано в печать 28.09.2017.
Формат 80×98 $^{1}/_{16}$. Гарнитура Миньон.
Бумага офсетная. Печать офсетная.
Усл. печ. л. 21,78. Тираж 4000 экз.
Заказ 9251.

ООО «Манн, Иванов и Фербер»
www.mann-ivanov-ferber.ru
www.facebook.com/miftvorchestvo
www.vk.com/miftvorchestvo
instagram.com/miftvorchestvo

Отпечатано в АО «Первая Образцовая типография»,
филиал «Ульяновский Дом печати».
432980, г. Ульяновск, ул. Гончарова, д. 14.
www.uldp.ru